白中《しろなか》真優《まひろ》
Mahiro Shironaka
優しい雰囲気と包容力からクラスみんなの相談役的ポジションに落ち着いた、彰吾の親友。実は彰吾のことが好き。
相談役の親友♀に、告白されたことを伝えたら

「よし、うまくできてる♪」
東浜《ひがしはま》梓《あずさ》
Azusa Higashihama
彰吾の前ではクールでぶっきら棒だが、世話焼きな幼馴染。

「おにい、どこ見てるの？」
城戸ゆいな
きど　ゆいな
Yuina Kido
天真爛漫な愛され少女だが、同居する彰吾をあざとくからかう小悪魔系義妹。

「うーん……じゃあ例えば、私がこうしたらどうする？」

「え……？」

私は彼の頬に手を当て、にこりと笑う。

余裕があるように振る舞っているけど、心臓が引き裂かれそうなぐらい激しく脈打っていた。

……これはきっくんのため。きっくんのためだからね。

どさくさに紛れてとか、あわよくば、自分がリードなんて考えは絶対にダメ！

彼の助けになりたいんだからっ。

城戸《きど》彰吾《しょうご》
Shogo Kido
何事にも真剣に取り組む正直者。嘘が苦手で、頭が固い側面も。

“恋愛相談役”と恋人の練習——!?
そう自分に言い聞かせ、
「キスしよう?」
と声を絞り出した。

バイト先に潜入調査！
¥720
「ちょっとゆ……彰吾が来たんだけど」
「……これはゆいなも予想外だよ。
おにぃは時間厳守で動くのにー……。
あれ？　しかも誰かと一緒じゃん？」
「本当ね……」
入り口で店長らしき人と彰吾が話している。
その横にいる人物は小柄で、
パーカーを着て帽子を被っていた。
興味深そうに周りを見渡し、
一瞬見えた顔は整っていたように見える。

Contents

When I told my female best friend who gives love advice,
that I got asked out.

illustration: ぶし　design work: 杉山 絵

恋愛相談役の親友♀に、告白されたことを伝えたら

紫ユウ

角川スニーカー文庫

23802

プロローグ①

SUBTITLE

神様はどうやら意地悪らしい

When I told my female best friend who gives love advice, that I got asked out.

「……応援したい気持ちも大事？」

「うんっ！　応援するってことは相手の立場になって考えたり、尊重することにも繋《つな》がるからね。そうしたら、見えてくる景色も変わると思うんだぁ」

「尊重……尊重かぁ。確かに好きの気持ちが溢《あふ》れすぎてて、強引なこともあったかな……」

「私が言ったのは、あくまで考え方のひとつだけど。ただ、本当にその人が大好きだったら、押し付けるんじゃなくて、彼氏さんのこともちゃんと考えてあげるんだよ⁇」

「ありがとう！　白中《しろなか》さんに話したらなんかスッキリした〜っ！」

「それなら良かったぁ。もう溜《た》め込んじゃダメだよ？」

私がそう言うと、彼女はニカッと満足そうな笑みを見せて親指をぐっと立てた。

笑い返すと彼女は、背中を向けて軽い足取りで教室から出てゆく。

そんな後ろ姿を見てると、自分の表情が自然と緩むのを感じた。

「上手《うま》くいくといいなぁ」

私——白中真優《まひろ》は俗に言う『相談ポジションの人間』ってことらしい。

らしい、というのはあくまで周りからの評価だけど……。

いつからそう言われるようになったのかは覚えてなくて、ただ周りからは、『白中と話すとスッキリする』とか『真優ママ』なんて言われている。

それでよく他のクラスの子とかも来たりして、……あ、たまに占いの館なんて言われたりしているのは困るかな……？

私は、そんなに専門的ではないし、学んでいる人からしたらにわか知識満載で占いを名乗るのは恐れ多いよ……。

自分から積極的に悩みを聞いているわけじゃないけど、恋愛に勉強、進路から料理のことまで、色々と聞かれるんだぁ。

人に対して偉そうにできるほど人生経験はないから、ためになっているかは疑問だけど……でもね。私を頼って相談されると『頑張らないとなぁ』って思うんだよね〜。

でも本当に、大した話ができるわけじゃないんだよ⁇

上手く行くように提案したり、率直な意見を伝えたりしているだけ。

分からないことも当然あるし、全部が全部納得してもらえてはいないと思う。

けど、人って話すだけで気持ちが楽になることがあるから、私が話を聞いて少しでも気持ちが晴れるように、少しでもみんなが幸せになれるように言ってるだけなんだぁ。

喜んでもらえたら嬉しいからね。えへへ。

けどね。相談を受けることがあっても、自分の問題は中々解決しないんだ……。

なぜか自分のことになると、進まないんだよね。

好きな人との関係とか……あはは―、それが唯一の悩みかも。

でも、良いことをすればいつか報われるときがくる！

神様が本当にいるのなら、きっと見ててくれているよねっ！

うんうん、そうに違いない！

だからお願い神様！　好きな人と結ばれる……みたいなことがありますよーに！

――とそんなことを漠然と思っていたある日の放課後。

初夏の日差しが眩《まぶ》しいながらも心地よく、つい眠ってしまいそうな陽気だった。

そんな中、私と一番仲がいい友人は窓際の席に座り、いつも通り勉強をしていた。

彼のアルバイトまでの僅か一時間は、いつもあっという間に過ぎてしまう。

私が友人の様子を窺《うかが》うと、一心不乱にペンを動かしていた。

たまに難しい問題に当たると、眉間にしわを寄せて、まるで喧嘩《けんか》でもするんじゃないかってぐらい問題と睨《にら》めっこしている。

そんな姿がちょっと可愛《かわい》かったり……ほんと、いつも真面目で一生懸命だなぁ～。

友人の名前は城戸《きど》彰吾《しょうご》。彼とは昔からの付き合いがあって、私は〝きっくん〟って呼んでいた。

制服の上のボタンまでしっかりととめてて、その着こなしからも真面目さが伝わってくる。ただ、ちょっとだけ目付きが悪いから、人によっては怖く見えるかもしれない。

しかめっ面でいると将来しわだらけにならないかな⁇

そんなことを思って彼を見ていると、視線に気が付いたのか彼が顔を上げて、一瞬だけ私と目が合った。

慌てて視線をノートに落としたけど、彼の視線を感じる。

「え、えーと、何かな？」

白々しく私がそう切り出すと、彼は「それはこちらの台詞《せりふ》だ」と苦笑し、それから消しゴムでノートに書いていたものを消した。

それから、また難しい問題に当たったのか、額に手を当ててぶつぶつと何か呟《つぶや》いている。

うーん……あれ？　なんかいつも以上に表情が険しくないかな……？

そう、まるで何かを思い詰めているような……あ、それなら少しでも話を聞かないと。

私がそう思って彼を見ると、再び目が合った。

「真優はいつも笑顔で楽しそうだよな」

「そうかな？」

「ほら。いつもニコニコしているだろ？　俺とは大違いだなと思って」

「確かに、きっくんみたいなこわ〜い顔をするよりはいいかもね？」

「ほっとけ。これは生まれつきで、俺は好きで目つきが悪いわけじゃないからな」

「でも、自覚があるなら少しでもよく見られる努力をした方がいいと思うけどなぁ。人の印象は見た目で決まるって言うし、きっくんは素材はいいんだから実践すれば人気者だよ！」

「人気者……ね。そんな需要はない気がするが……」

「需要あるよ〜。ってことで笑顔をどうぞ」

私がそう提案すると、彼は難しい顔をして短く「断る」と言ってきた。

残念……。不器用ながらも笑う表情が見たかったのになぁ。

「そういえば真優。昨日の昼休みが騒がしかったこと覚えているか？」

「覚えてるよ。中々盛り上がってたよね。公開告白や校庭に犬が乱入したことがあって。それで、どうして犬の乱入が気になるの？」

「おい。勝手に話したい方を決めるなよ」

「え……違うの？」

意外すぎて首を傾《かし》げると、きっくんは頬《ほお》をポリポリと掻《か》きながら、「違う」とばつが悪そうに答えた。

その態度の変化が可愛くて、ニコニコと彼を見ていると不服そうな視線を向けてくる。

「ごめんね。ただ、そういう表情をするのが普段と違って可愛いなぁって。もちろん、いい意味でね」

「はぁ。可愛いって男には誉《ほ》め言葉ではないからな？」

「そう？　きっくんみたいにとっつきにくそうなタイプだと可愛いのはアリだよ？　所謂《いわゆる》、ギャップ萌《も》えってこと。やったね！」

「やったねって、別に嬉しくない。ギャップの何がいいんだか」

「いやいや～。ギャップ萌えに悶《もだ》える人って一定数いるよ。かく言う私もそのひとりだったりして？」

「うわぁ、無駄にいい笑顔……。てか、からかってるだろ」

「えへへ、いい意味でね～」

「〝いい意味〟ってつければ何でも許されるわけじゃないからなー」

彼は大きなため息をつき、呆《あき》れたように肩をすくめた。

「でも、珍しくないかな？　きっくんがそういう話題に興味を持つなんてことなかったよね」

「まぁ……高校生だと持つだろ普通」

「えへへ。確かにそうかもね～」

私がそう言うと、彼の視線が一瞬天井の方に動いて、すぐに視線を戻した。

……分かりやすいなぁ。

私の何か言いたげな様子を察したのだろう。いつも仏頂面の彼の表情からやや焦りが見てとれて、それを誤魔化《ごまか》すように咳払《せきばら》いをした。

「素直に関心したんだよ。人がたくさんいたのに教室の前での告白だったから勇気あるなって……ただ、それだけだ」

「勇気あるよね～。でも告白って、いかにちゃんと伝えるかも重要だから、そういう意味で人前だったのかなぁ。たくさんの目があると、断りにくいしね」

「それは嫌な考えだな……」

「あ！　例えばの話だからねっ！　とにかくシチュエーションが大事ってことだから！」

「まぁ仮に俺が同じ立場だったら、周りに誰もいないところで言うよ」

「ふふっ。それは私も同感かなぁ。見られてると固まっちゃいそう」

「だろ？」

「その点だと、放課後の今とかベストなタイミングだよね。他に誰もいないし」

「なるほど……言われてみれば、今がベストなタイミングになるのか」

そう言うときっくんは黙り込んでしまい、教室はシーンと静寂につつまれた。

腕を組んで難しい表情をする彼は、何か悩んでいるようにも見える。

どうしたのかな、急に黙っちゃって……？

こういう時は、焦《あせ》らせちゃダメだから話し始めるのを待たないとね。

私はそう思って、彼が話してくれるのを黙って待ち続ける。

少しして、彼はゆっくりと口を開いた。

「そうだ。真優」

「んー何～？」

「真優は好きな人いるか？」

「……ふぇ？」

突然の質問に口から変な声が出た。

なんとか答えようとした私の口からは、「スキナヒト？」と動揺が見え見えの残念な声しか出てこない。

だけど彼はそんな私を気にする様子もなく、真剣な表情でじっと見つめてきた。

「悪い、急に。ただ……どうしても知りたいんだ」

「わ、私じゃないとダメなのかな……？」

「ああ。真優じゃないとダメだ」

「うぅ……そんなに力強く……」

彼は真っすぐに私を見つめる。

その視線に私の胸はかつてないほど高鳴っていた。

どうしよう……いつも以上に真剣で変な緊張が……！

それにこの流れと雰囲気って……ま・さ・か？

本当に告白しようとしてるのっ⁉⁉

こんなタイミングで⁉

だから、昨日の告白についての話題を出したってこと⁉⁉

ないないないいっ‼　絶対にないよ！

落ち着け私……そう深呼吸だよ〜。

私はふぅと息を吐き、心を整理しようとした。

ダメダメ……勘違いはダメだよ真優。確かに私ときっくんは普段から一緒にいて気が合うし、昔から仲がよくて……周りからはカップルだなんて思われていたこともあるけど！

そんな関係でも、こんなところで告白されるなんて普通はあり得ないって。

あ、でもきっくんはちょっと独特なところと、それにややズレているところもあるから本当に言おうとする可能性も……？

そうだとしたら死ぬほど嬉しいけど……勘違いだったら恥ずかしくて死んじゃう。

ここは、しっかりと確かめないとね。よし、聞くぞー……。

「えっと、きっくん。もしかして、私に大事なことを伝えようとしてる？」

「ああ」

「それって……こ、こ、告……白とか？」

「……ま、まぁ。その通りだ……」

「へ、へぇ……」

て、照れてるーっ!!

でもぬか喜びは禁物だよっ。

これは私のことが好きとかでは断じてないから！

……きっくんとは付き合いが長いから分かっている。

このパターンは上げて落とすパターンなんだからねっ！

勘違いしちゃダメなんだからねっ!!

――って、何ひとりで暴走しているんだろう………。

脳内で起きたツンデレっぽい口調のお陰か、恥ずかしさが一周回り冷静さが戻ってきた。

私は表情をなんとか作り、ニコリと笑う。

「え、えーっと……さっきのは解釈違いなのかな～って？」

「う、うん！　きっくんが聞いてきた好きな人っていうのはつまり『好ましい。仲がいい』ってだけで他意はないとか……じゃない？」

「いや、それは違う。愛しているとか、ラブ寄りの方の話だよ。ライクとか人として好きとかそういう話ではない。」

「なるほど……そっかぁ。私にどうして……？」

「気持ちを知りたいんだよ……」

いつもの仏頂面に照れが見え隠れする。けど、その中にも彼から必死な気持ちが伝わってくるようだった。

……これはガチなやつなの？

ど、ど、どうしよう!?

勘違いじゃないって本当に!?!?

きっくんから言ってきてくれるなら……わ、私も覚悟を決めないと！

返事は『はい』、『イエス』、『みぃとぅー』って言えばいいよね!?

私は覚悟を決めて、真っすぐに彼の目を見た。

さぁ……バッチコーイ!!!

「なぁ真優」

「解釈違い？」

「ひゃ、ひゃい！」

緊張しすぎて声が上ずった私を、彼はいつになく優しい目で見てくる。

そして、とうとう言ってきた。

「妹と幼馴染《おさななじみ》から告白されたんだけど、どうすればいいと思う？」

一瞬の思考の停止。

つい、顔が〝無〟になりそうになった。

「なるほどねー……あはは……」

そんな私の口からは乾いた笑いしか出てこない。

告白って、そっちかぁ……する方じゃなくて、された話ねー。

うんうん、困った困った～……。

って――どうしてそんな展開になっているのかな⁉⁉

二人に告白されるってどういう状況なの⁉⁉

ああ～私も好きなのに～!!!

ここで私もなんて言ったら、困らせちゃうよね……。

そんな思いを胸の奥にしまい、私は彼に笑顔を向けた。

でもね、一言だけ言わせてほしいな。
もう！　神様のいじわる〜〜っ!!!

プロローグ②

SUBTITLE

ある日の出来事

When I told my female best friend who gives love advice, that I got asked out.

「おはよう～。彰吾《しょうご》君は今日も朝早いわね～」

「おはようございます、愛子《あいこ》さん。朝の時間は貴重ですから早起きは当たり前ですよ」

リビングで交わすにこやかな朝の挨拶。

傍《はた》から見れば、母親とその息子のやりとりに見えることだろう。

でも察しの良い人からすれば、どこか他人行儀なところがあるように感じるかもしれない。だが、それは仕方ないことだ。

――愛子さんは俺の『二人目の母親』なのだから。

小学一年生のある日、俺は母親に言われた。

「運命の恋を見つけたから追いかけるね」と。

そして数年後、今度は父親も……。

「悪いな彰吾。男は本能には逆らえないんだ」と言って、俺のもとから去っていった。

再婚した相手とその連れ子である娘を残して……。

子供の頃は両親の行動の意味が分からなかったが、時間が経《た》つにつれて理解してゆく。

如何《いか》に両親の行動が身勝手に周囲を巻き込んで、最悪だったかということを。

当然、今までの行いは周囲に広まるわけで、俺は『可哀想《かわいそう》に』という同情の視線や『子供も同じなのかな？』と思わせるような視線に晒《さら》され続けた。

……当時はとにかく辛《つら》かった。

『なんで俺が？』っていう思いもあって荒れていた時期もあった。

だけど、そんな時に一緒にいてくれて救ってくれたのが新しい家族や幼馴染、そして友人の存在だ。

出会っていなければ親と同じダメ人間になっていたことだろう……。

そういうこともあって俺は、「絶対に両親のようにはならない。誠実に生きて恩返しをするんだ」というポリシーを持つようになった。

施されたら施し返す。御恩と奉公の関係というわけではないけれど、支えてくれた人たちを幸せにしたいと思っている。

だから、俺は将来みんなを支えるために自分を高めるための行動を続けていた。

こうやって朝早くから起きているのも、その一環というわけだ。

無理なく適度な息抜きはできていると思うが、愛子さんはそれでも心配なようである。

「子供は子供らしく遊んでもいいの。勉強も根を詰めすぎて体を壊したら意味ないわ」

「無理はしませんよ」

「それなら良かったわ〜」

「右手で疲れたら、左手で書きますから」

「え、えっと。そういうことじゃないんだけど……。じゃあ、睡眠時間は足りているの？」

「そうですね。まぁ、今は控えめに最高でも〝三〟で抑えるようにしてますよ」

「三時間⁇　それは流石《さすが》に少ないと思うわよ？　もう少し寝て――」

「ああ違います。三徹のことですよ」

「……時間の単位に徹夜は存在しないわ。はぁ、無理はダメって言っているのに」

「愛子さん、こんなの無理のうちには入りませんよ。まぁ流石に四徹を超えるとパフォーマンスが低下するのでそれは諦めましたが……」

「そもそも徹夜をどうにかしてほしいのだけど……」

「自分の限界を知るって大事ですよね。人って限界ギリギリを攻めることが一番成長に繋《つな》がるんで」

「ダメだこいつ」と言いたげな視線を向けつつ大きなため息をつく愛子さんを尻目に、俺は朝食を口に運んでゆく。

ん、今日も旨《うま》い。相変わらずだしの利いた卵焼きは絶品だ。

舌鼓を打っていると、リビングのドアが開いて「ごはん～」と気の抜けた声が聞こえてきた。

「〝おはよう〟でしょー？　そんなだらしない格好してないで、着替えてきなさい」

「おは～。ご飯食べたら着替えるよぉ」

「もう、しょうがないわね。彰吾君、ゆいなの分も準備してくれる？」

「もちろん。やりますよ」

「おにぃ、さんきゅー」

緩んだ顔でにへらと笑う妹の前に俺は、料理を運んで並べていった。

俺の妹——城戸《きど》ゆいなは愛子さんの連れ子で本当の妹ではない。

年は同じで、誕生日が俺の方が早かったから名目上、兄となっているだけだ。

だから、別に兄なんて呼ぶ必要はないが、ゆいなは「おにぃ」と呼んで慕ってくれている。

控えめに言っても、兄妹《きょうだい》としてかなり仲がいい方だろう。

けど、出会った当初は、そんなに仲がいいわけではなかった。

寧《むし》ろ、最初は微妙な距離感で、どちらかというと嫌われていたと思う。

話しかけても無視。口を絶対に利かないと警戒心をむき出しにしていた。

当時はどうしてそこまで嫌われているか分からなかった。

戸惑いもしたし、子供なりにかなり悩んだのを覚えている。

そんな俺達の関係を劇的に変えたのが、再び訪れた離婚だ。

俺のバカ父の浮気という……最悪な出来事。

思い出すだけで腹だたしいが、結果的にゆいなの過去を知ることになった。

……愛子さんの最初の離婚も父親の浮気が原因。

それでゆいなは男性不信になり、だからこその態度だった。

つまり、俺とゆいなの境遇は奇《く》しくもよく似ていたわけだ。

父親の一件を経て、家族の関係は良好……いや、良すぎるぐらいとなった。

ただ、良すぎるせいで、

「ところで、彰吾君は好きな子はいないのかしら？」

「ぶっ⁉」

こうやって、距離が近くなりなんの気なしに聞いてくるのは問題かもしれない。

「あら、大丈夫？」

「だ、大丈夫です」

「よかったわ。それでそれで、どうなの⁇」

目を輝かせながら興味津々といった様子だ。

年頃の恋愛事情が気になるのだろう。

でも残念ながら、愛子さんが期待するようなことは俺にはない。

恋愛はトラブルの元というのは、よく分かっている。

今は恋に現《うつつ》を抜かすのもごめんだ。

俺は「ないですよ。全く」と答えた。

「残念……。けれど、学生でしかできない恋愛は貴重よ〜？」

「必要ないですよ。恋愛なんてしたら睡眠時間が削られますから」

「そこで睡眠を持ってくるのね……。どれだけ優先順位が低いのよ……。けど、失敗は今だからこそできると思うから一考の余地はなーい？」

「ないですよ。とりあえず付き合うみたいな考えはあるかもしれないですが、俺は反対ですね。恋に現を抜かすより、他にやることがありますから」

「真面目ね〜。それじゃつまらないわよー？」

「いいんですよ……これで」

恋愛大好きな親は、今思い返すと目移りしやすい人だったと思う。

外に出たら異性に声をかけまくってたんだよな。

昔は『友達が多いのすごーい!!』なんて無邪気に考えてたのが悲しくなるわ……。

「でも彰吾君。学生時代の恋愛って、大人になって思うけどかなり重要なのよ？」

「ママみたいに思い出がない悲しい青春になっちゃうってことだよねぇ～アハハ！」

「んー？　何か良くないことを言ったのはこの口かしら？」

「いひゃいよ～（痛いよ～）」

「…………」

顔怖いな……笑顔で背筋に寒気が走ったのは初めてだよ。

ゆいなは頬《ほお》をぐりぐりとされながら引っ張られ、放された後は不満そうに頬を膨らませていた。

いや、今のは自分が悪いだろ……。

「いい、彰吾君。恋をしないまま大人になるのは大変よ」

「そうなんですか？」

「例えば、ずっと女子高で恋愛経験がないせいで騙《だま》されやすくて、甘い言葉で簡単に惚《ほ》れちゃったり……」

「…………」

「初めての恋で結婚したら〝×〟をつけちゃって、失敗しないようになんて思ったらまた〝×〟がつくなんてことだってあるんだから」

「あ…………いや、ほんとすいません」

「ううん。彰吾君は悪くないわ」

「いや、それでも……」

「気にしなくていいのよ。離婚のたびに慰謝料はたーっぷりともらったから」

指でお金マークを作り、ニヤリと笑う。

うわぁ……めっちゃ悪人面してる……。

ほんと逞《たくま》しいよな。それは本当に尊敬できるけど……。

俺はこほんと咳払《せきばら》いをした。

「それでも俺は恋なんて遠慮したいですね。あの両親とは考えが違うんで。家族と過ごす平穏な今が一番です」

そう言うと、ゆいなは嬉《うれ》しそうな顔をして愛子さんは複雑そうな顔をしていた。


——今の生活で十分だ。

降ってわいたような出来事なんていらない。

青天《せいてん》の霹靂《へきれき》なんて言葉は大嫌いだ。

突然起きるイレギュラーな出来事、非日常な出来事。

俺はそんなことを求めてはいない。

物語の主人公がよく『非日常に憧れる』とか言うがそんな気持ちになることが理解できないし、刺激が足りないなんて以《もっ》ての外《ほか》だ。

それは大いに間違っていると言いたい。

平和で、平穏で、普通な生活がどれほど良いものなのか。

本当はそれを噛《か》み締めて、堅実に生きないといけないと思う。

普通に学校へ行って、友達と馬鹿な会話をする。

家に帰ったら食事をして、家族とテレビを見て過ごす。

こんなありきたりな日常が理想であり、至高なんだぞって。

でも、残念ながら俺の今までの人生は普通じゃないことの連続で、ありきたりな日常から程遠い位置に追いやられてしまっている。

そのせいもあって、こんな考えに行き着いてしまったわけだ。

しかし、この境遇に同情してほしいなんて微塵《みじん》も思っていない。

別れもあれば出会いもあるわけで、二度の離婚は俺にとって良い人間関係をもたらしてくれてもいる。さらに言えば、ダメ人間の両親を見たお陰で努力ができる人間にはなったと思う。

その点ではある意味感謝しないといけないかもしれない。

いや、感謝はできないか。ただ、身近に最高の反面教師がいたってだけ。

俺は、両親みたいに恋愛なんかに踊らされはしない！

そう、改めて心に誓った。

――そんな考えを持って、行動を続けていたある日の休日。

いつも通りの日課を機械的にこなしていた時だった。

「彰吾。たまには付き合ってよ」

部屋に戻ろうとしたタイミングで声が聞こえたと同時に腕を摑《つか》まれた。

逃がさないようにしているのか、手には力が入っている。

「付き合ってと言われても、俺には勉強があるんだが……」

俺がそう言って振り返ると、そこには幼馴染《おさななじみ》の東浜梓《ひがしはまあずさ》が不機嫌そうに立っていた。

明るい髪色に加え、住む次元が違うと思えるほどの整った容姿は、見ただけで育ちが良さそうである。

見た目通りなのだが、彼女の家は相当な金持ちだ。父親は作曲家をしつつ、いくつもの保育園を経営しているという資産家で、その中のひとつは義母の愛子さんが働いている場所でもある。

彼女には俺も世話になりっぱしで、いずれ恩返しをしたいと思っている存在だ。

「勉強はいつでもできるけど、私との時間は今しかないんだけど？」

「そうは言っても、模試が二か月後にあるからな……。勉強はしなきゃいけないだろ」

「ふん。まぁいいわよ、私は待てる女だし。それで、勉強時間は何時《いつ》まで？」

「十五時には終わる見込みってところだな」

「じゃあその後ってことにしといて」

「ちなみに十六時からバイトだ」

「………………」

梓は無言になると端整な顔がわずかに険しくなり、目を細めて口元はきりりと引き締まった。

「私に付き合う気ないでしょ⁉」

「やることがあるから仕方ないだろ？　学生の本分は勉強。やることが尽きないんだ」

「はぁ………まぁ、いいわ」

「うん？　今日はやけに素直だな」

「彰吾は頭でっかちで話を聞かないからね。真面目馬鹿は、少しの衝撃じゃ揺るがないって理解してるわよ」

「なんかけなされてないか？」

「ふんっ」

梓は不機嫌そうに鼻を鳴らして、そっぽを向いた。

俺達の話し声が聞こえたんだろう。

上の階からドタドタと音がして、ゆいなが下りてきた。

「やっほ～。二人とも楽しそうだねぇ。遊ぶならゆいなも混ぜてほしいんだけどなぁ」

「別に遊ぶなんて言ってないぞ。ただ呼び止められていただけだ」

「え～。たまには付き合ってくれてもいいじゃーん。最近、おにぃの付き合いが悪いよぉ～」

「それはやることがあるから……」

「ゆいな、最近、寂しいなぁ……」

俺の腕にしがみつき、見上げてくる。

甘えてくるような態度には、心が動かされそうになるが……。

それよりも——。

「ゆいな。来てそうそう邪魔しないでほしいんだけど」

「……う～ん。今は、兄妹タイムの真っ最中だよ？」

「私が先に来たの」

「それならゆいなは先に家にいたよ」

「誘ったのは私」

「ゆいなはいつも誘ってるー。おにぃは全然付き合ってくれないけどねぇ」

「そうね。ほんと付き合いが悪いと思うわ」

険悪な二人からの視線が俺に向く。

責めるような視線に、俺はため息をついた。

「二人とも最近、仲が悪くないか？」

「そうかなぁ？　いつも通りだよねぇ」

「ええ、そうね。特に変わってないんじゃない？」

二人はそう言うが、最近はいつもこんな感じだ。

俺としては昔みたいに和気あいあいとしてほしいものだが……。

「そうだ、あずあず。ここはゲームで勝負といかない？」

「いいわよ。私に勝てるわけないとは思うのだけど、その度胸は称賛できるんじゃない？」

「おい二人とも……こんな状態でゲームなんてするのか？」

「だからこそ白黒ハッキリさせる必要があるの」

「ふっふっふ〜。地べたに這《は》いつくばらせるからねぇ」

「それはこっちの台詞《せりふ》。ここは引かないから」

「……へぇ、なるほどねぇ。あずあずは本気って感じ？」

「そうね。ご想像の通り」

「「………………」」

「じゃあ、彰吾もやるよ」

「え、俺もか？」

「おにぃも当然参加だよ！　公平にジャッジできる人物がいないと勝負にならないし」

「そんな体のいいこと言って、俺を巻き込もうとしているだけじゃないか？」

俺がそう言うと、二人は目を逸《そ》らした。

図星かよ……。

まぁでも、二人がいがみ合うのは見ていて辛《つら》いんだよな……。

ここは参加して、上手《うま》く仲裁するか。

俺はそう思って、家にあるゲーム機を持ってきた。

「トランプでもいいが……普通にゲーム機でって、うん……？」

おかしい、ゲームの電源がつかない。

人数がいるならパーティー系のゲームが無難だと思ったが……故障か？

「ゆいな、ゲームが故障してるみたいだ」

「ええっ⁉　本当に⁉」

「ほら、つかないだろ」

「マジなやつじゃーん。困ったねぇ～」

「そうね、困った困ったー」

「まぁ古めのゲームだから仕方ないが……。ちょっと見てみるか」

どこか外れてるところがあるんじゃないかと思って、確かめようとしたらゆいなに手を

「ダメだよ！　安静にしとかないと」

止められた。

「別に傾けるぐらいよくないか？」

「素人の浅知恵は危険だって。他のにしようよ～」

「まぁそうだな？」

俺は促されるままに、他のゲームを用意する。

アナログなものにしようと、トランプにUNO、人生ゲームを持ってきたがどれも重要なカードや道具が欠けていて、ゲームができる状態ではなかった。

「……ちゃんと片づけたと思ったんだが……」

「まぁ仕方ないわよ。こういうゲームで最近遊んでいないんだし、記憶がおぼろげになってもしょうがない。片づけたって記憶が改変されていることもあるんだから」

「今度探そうよ～。ゆいなも手伝うし」

「そうだな、ありがとう」

俺は、持ってきたゲームを一度しまってからリビングに戻った。

知る限りではやれるものはないけど、念のため二人に訊《たず》ねる。

「他にゲームって何かあるか？」

「はいはーい！　ゲームならゆいなが持ってるよん。ツイスターゲームなんて、童心に戻れてよさそうじゃない？」

「いや、高校生でやるのは微妙だろ。他のはないのか？」

「私、ポッキー持ってるから、ポッキーゲームならできるわ」

「……それも勘弁してくれ。そうだ、今日はここでやめて、日を改めるとかはどうだ？」

「「それはない！」」

「やけに力強いな……」

最近、何かと競っていることがあるからな。

勝負となると互いに引くに引けない感じになってしまうんだろう。

巻き込まれる俺からしたら、たまったもんじゃないが……。

それに、その二つのゲームって割と事故が起きやすいやつだろ……？

紳士な人間になりたいなら、そういうのは避けたい。

だから俺は、「とりあえず、その二つ以外にしてくれ」と、提案することにした。

梓とゆいなは、少し悩んだ素振りを見せてから二人で内緒話を始める。

どんな複雑なゲームをするつもりなんだろうか……なんて考えていたら、ゆいなが「愛してるゲームをしようよ～」と言ってきた。

「それって交互に『愛してる』って言うやつだよな。それぐらいなら、別にいいが」

「やったぁ～。決定だねぇ。絶対に負けないよっ！」

「俺もやるからには真剣にやるよ。な、梓？」

「そ、そうね……問題ないわ」

　そわそわして落ち着きがない。

　珍しいな……梓が緊張しているなんて。

　いつもは堂々として凛《りん》としているのに、何かあるのか？

　俺はそんな違和感を覚えるが、ゆいなから「じゃあ、第一勝負はあずあずとおにぃね～」と言われて、言われるがままに勝負を開始することになった。

「梓、どっちから言おうか？　レディーファーストって言葉もあるが、ここは俺からでもいい」

「それは………からで」

「うん？　なんて??」

「彰吾からで、お願いします」

　何故《なぜ》、敬語に？

　てか、どうしてもじもじとしてんだ。

　そんならしくない態度をとられると、俺も変な気分になってしまうって……。

　だが、勝負は勝負。

　なんとか照れないようにしないとな……。

「じゃあ行くぞ」

「い、いいわよ……かかってきて」

「梓、愛してる」

「…………もっかい」

「それじゃゲームにならなくないか？」

「悪いけど、よく聞こえなかったの。だから、もう一回……」

「しょうがないな。……梓、愛してる」

「────っ⁉」

俺がそう言うと梓は俯《うつむ》いてしまい、そのまま動かなくなった。

どうしたんだよ、急に……。俺は心配になって梓を見つめる。

彼女の、髪の間から見える耳は赤く、頭に触れると風邪をひいているんじゃないかと思えるぐらい熱を帯びていた。

「梓、大丈夫か？　帰った方がいいんじゃ……」

「だ、大丈夫……ただ、噛《か》み締めているだけなの」

「どういうことだ？」

「なんでもないわよっ！　それよりも次にゆいなとやって!!　ちょっと頭を冷やしてくるからっ……！」

ドアを勢いよく開けて、姿を消してしまった。

負けず嫌いの彼女は、よほど悔しかったのだろう。

ともあれ、俺の勝ちということでよさそうだ。

「じゃあ、次はゆいなとか」

「よろ～」

「軽いなぁ。余裕って感じか？」

「だって、おにぃがゆいなを照れさせるなんて無理じゃないかなぁ～？　台詞《せりふ》に臨場感もないしねぇ。まぁ、あずあずはク○ボー並みだから一瞬で潰れちゃうけどー」

「ほぉ。そう煽《あお》られたら、意地でも照れさせたくなったな」

「やってみ～」

ゆいなはへらへらとしながら、俺に言うように促してくる。

普通に言っても効果ないってことなら……。

「なぁ、ゆいな」

「んー？　なんじゃらほい」

「俺達は兄妹だが、そんなのは関係ないと思うんだ。普段のその明るさに救われて、俺は毎日が楽しいよ。ありがとう」

「う、うん……それで何が――」

「愛してる。ひとりの女性として」

「――っ⁉⁉」

普段は動揺なんて見せないゆいなの顔が、トマトみたいに真っ赤に染まった。

あたふたとして、しまいにはソファーのクッションに顔を埋《うず》めてしまう。

流石《さすが》に、クサい台詞だったか……。

感謝しているのは本当だから、そこに嘘《うそ》はないんだけど……。

俺はゆいなを起こそうと揺らすが、顔をクッションから離そうとしなかった。

ちょっと一息入れた方がいいよな。

炭酸でも飲んで、一旦リセットすれば落ち着くだろう。

そう思って俺は、固まるゆいなを置いて納戸にある飲み物を取りに廊下へ出た。

廊下に出ると、さっき飛び出していった梓が体育座りをしていて、俺に気づくなり視線を向けてくる。

ただ、まだ顔は赤くて俺は触れないことにした。

「……甘いのと強炭酸系、梓は炭酸よりはジュースだよな。これでいいか」

「彰吾……」

「え？」

ペットボトルを何本か手に持ち、戻ろうとしたところ……突然、壁と梓に挟まれるような形になった。

　顔が近く、少し動けばぶつかってしまいそうである。

　俺に体を寄せてくる彼女からは、くらくらするような甘い匂いが漂ってきているようだ。

　ちらりと俺は梓の顔を見る。

　梓は、俺を上目遣いでじっと見つめていて、目はどこか潤んでいて何かを強請《ねだ》っているようだった。

「どうしたんだ、梓」

「……聞こえたんだけど？」

「ああ。ゆいなとの勝負か。聞かれてると思うと、少し恥ずかしいな」

「私だけ、言葉が短くない……？　ずるいんだけど……」

「ん？　お好みなら同じように梓のいいところを列挙するが……。例えば――」

「や、やっぱりなしで！」

「どっちだよ……まったく」

　俺はやれやれとため息をついた。

「じゃあ、私から……」

「私から？　あのゲームはまだ続いているのか？」

「……」

俺の問いに彼女は口をつぐんだ。

目を伏せて躊躇《ためら》うような様子を見せている。だが、次の瞬間、

「愛してる。だから、私を見てよ……」

梓はそう言って、俺の頭を掴《つか》んで動かないようにしてきた。

ゲームの続きである筈《はず》なのに、手は微《かす》かに震えていて瞬《まばた》きを何度もする彼女からは緊張感が漂っている。

それは……まるで本当に告白しているかのようだ。

今までに感じたことのないぐらい、俺の動悸《どうき》が激しくなった。

「彰吾のことは私が一生お世話をするから、どんな時でも捨てたりなんかしない。だから、何にも心配しなくていいの」

「梓……？　それは、どういう」

俺が聞き返そうとしたら、梓は俺の口を押さえてくる。

そして、

「私のことはいいから！　とりあえず、さっさとゆいなのところに戻ってよ！　これは約束なの！」

こちらに何も言わせないようにしているのかもしれない。

梓は早口で言ってきて、そのまま俺の背中を押してリビングに戻されてしまった。

彼女は廊下から戻るつもりはないらしく、ドアを閉めてしまっている。

……俺は今、告白されたのか？

突然のことで頭がついていけない。頭が混乱して、上手《うま》い言葉が正直出てこない状況だった。

けど、あの真剣な表情はとてもゲームだとは思えない。

どうすればいいんだ……？

そんな気持ちを抱えながら、ゆいなの前に戻ると彼女は笑顔で迎えてくれた。

いつものような明るい笑顔なのに、何故か俺の胸はざわつきを感じている。

「おにぃ、お帰り～」

「ああ……とりあえず飲み物だ」

「流石はおにぃ。やさしい～」

ゆいなはペットボトルを受け取り、美味《おい》しそうに飲む。

梓が戻ってこないことが気にならないのか……？

そんな俺の疑問を察したかのように、ゆいなはおもむろに切り出してきた。

「そんで、あずあずとの話は終わった？」

「……まぁ」

「どんな話？」

「いつもの話だよ」

「そっかそっかぁ〜。いつもの話ねぇ〜じゃあ……」

「ん⁉」

突然、ゆいなは俺をソファーに押し倒して馬乗りになった。

両の腿《もも》で俺の胴を、そしてその腰部で俺の腰部をというぐあいである。

戸惑う俺を見下ろして、手で胸を撫《な》でてくる。

その姿にはどこか妖艶さがあり、俺は苦笑いしかできなかった。

「すっごくドキドキしてるねぇ」

「こんな状況になれば誰でもするだろ」

「うんうん。それもそうだね。それでおにぃは……付き合うつもりがあるの？」

「それは……いや、その前にゆいな。まずはどいてくれないか？」

「質問に答えよっか？」

笑顔なのに、目が少しも笑っていない。

ゆいなは、俺を観察するかのようにじっと見つめてきていた。

「前とは考えは変わっていない……」

「そうなの？」

「ああ……」

俺の考えは変わっていない……筈《はず》。

いつもは断言できる回答が、さっきの梓の言葉で出てこなくなっていた。

そんな俺の迷いを見透かしたのか、ゆいなは魅力的な笑みを見せて顔を近づけてくる。

そして、

「ゆいなはおにぃとずーっと一緒だよ」

と耳元で囁《ささや》いてきた。

固まる俺に、彼女は囁き続ける。

「家族ならずっと一緒でも問題ないし、結婚しなくてもゆいながいれば問題ないでしょ？」

本能に働きかけるような声に、胸が激しく高鳴っていた。

「気持ちはこんな感じだよ？」

「……ゆいな？」

「いつまでも遅いおにぃが悪いんだから……ちゃんと結論を出してね？」

ゆいなはそう言って、リビングから出ていった。

部屋には俺だけとなり、騒がしかった数分前が嘘みたいである。

俺はソファーに座りながら、天を仰ぎ長い息を吐いた。

——大事にしたい二人からの告白。

それは本当に嬉《うれ》しいし、有難いことだと思う。
だが同時に、選ばなくてはいけないという事実が俺を悩ませた。
親のような恋愛体質になりたくないと考えていたが……どうやら血は争えないらしい。
これだから、晴天の霹靂《へきれき》は嫌なんだ。
この二日後、俺は頼りになる親友にこのことを打ち明けることになった。

プロローグ③

SUBTITLE

やばい。私がなんとかしないと！

When I told my female best friend who gives love advice, that I got asked out.

「本来、自分で決めないといけないことなのにな……」
申し訳なさそうな顔をして、それから悔しそうに唇を噛《か》んでいた。
でも、これは仕方ないよ。
二人との関係は、私も聞いたことあるから知っているけど。
そんな二人から告白されたら、付き合うことに悩むのは仕方ない。
確か妹の名前はゆいなちゃんで、幼馴染《おさななじみ》は東浜《ひがしはま》さんだったよね。
学校は違うけど、見かけたことはあるし……すっごく可愛《かわい》い子たちだったなぁ。
だからこそ余計に悩んじゃうし、すぐに決められるような問題じゃない。
関係を変えることに及び腰になるのは、私も理解できる。
だって、私もそうだから……〜ぅ、言ってて悲しくなってきたよ。
でも力になりたいから、頑張らないと！
私は沈みそうになる気持ちに耐え、彼に笑いかけた。

「ううん。気にしないで。困ったときはお互い様だよ？　ここは素直に『ありがとう』って言えばいいんだから」

「ああ。ありがとう」

「いえいえ。きっくんが恋愛に後ろ向きな理由を知っているし、遠慮はしないで」

私が微笑《ほほえ》むと、彼は苦笑した。

「じゃあ早速だけど、詳しく聞かせてもらってもいい？」

「もちろんと言いたいところだけど、告白を受けた事実ぐらいしかないんだが……」

「うーん。じゃあ恥ずかしいかもしれないけど、告白の時なんて言われたか聞いてもいい？」

「そうだな……」

彼は腕を組み、目を閉じた。

言われた時のことをしっかりと伝えようと、思い出しているのだろう。

数秒目を閉じて、それから何があったか話してくれた。

◇◇◇

一通り話を聞いて思ったことがある。

「これって寧《むし》ろプロポーズみたい……？」

「俺の自意識過剰かと思っていたが……やっぱりそう思うよな」

「えーっと。それを聞いて、きっくんは結婚したいとは思うのかな？」

「まだ結婚は早いだろ」

「……確かに結婚は早いね」

だ〜っ！　なるほど！

確かにプロポーズみたいなことを急に言われたら『どうすればいい？』ってなるよね。

「きっくんはもし、二人からプロポーズみたいじゃなくて、普通に『付き合いたい』って言われたらどうするの？　やっぱり、付き合うのかな……？」

「うん？　さっきも言った通り結婚はまだ早いよ。法律的にもな」

「え、えーっと、付き合ったら即結婚にはならないと思うよ？　付き合ってから本当に価値観とかが合うのかを見極める、みたいな方法もあるし」

「いやいや、とりあえず付き合ってみるとか不誠実だろ。その時点で論外だ。一生添い遂げる覚悟がないと、俺は付き合うべきではないと思っているよ。安易には迷惑でしかないし、不幸になることだってあるからな」

きっくんはそう言ってため息をついた。

本当に真面目だよね。お堅いとも言えるけど、これぐらい誠実だったら女の子も安心できるかなって思うよ。

付き合ってから他の女の子に気持ちが移る、なんてこともなさそうだし。

そういう安心感って、嬉《うれ》しいんだよね……女の子からしたら。

でもね、ちょっと言いたいことがあるかな……。

考えがめっちゃ重たいよ〜っ!!

確かに真面目だし、きっくんのこんな一面に惹《ひ》かれる子は多いんだろうけど！

それでも流石《さすが》に堅すぎるって！

まぁでも、とりあえず付き合うつもりはないんだ。

よかったぁ〜……って、ホッとする前に考えないとっ!!

「ねぇきっくん。告白されたってことは、その前に何かしらの前兆があったと思うんだ。

些細《ささい》なことでもいいから何かなかった？」

「そうだなぁ。変化と言っても、あらゆることが平常運転だからな」

「平常運転って、きっくんが言うと信用ならないんだけど……。たまにズレてる時ある
し」

「たまにだろ？　今回はそんなことない」

「本当かなぁ？　じゃあ、普段のゆいなちゃんはどんな感じなの？」

「気が付いたら大体隣にいて、引っ付いてくるぐらいだな」

「なるほど～。甘えん坊さんなんだね」

「それから、ご飯の時は膝の上に乗ろうとしてくる」

「うん……？」

「トイレだろうとどこでもついてこようとする」

「……あれれ？」

「後は、ベッドに侵入してくるかな」

「え、侵入……？」

「鼻息が荒くて、臭いを嗅がれてる気がする時が……」

「アウト～っ！　きっくんそれはアウトだよ!!　どこが平常運転なのかな!?」

「それ以外は普通だぞ？　ノリは合うしな」

「普通じゃないところが目立ちすぎて、説得力ないよ……」

全然、大丈夫じゃなかった！

距離感が普通にバグってるよっ!!

……なんか、続きを聞くのが怖くなってきたなぁ。

「じゃあ、東浜さんはどう？」

私の知っている東浜さんは、例えるなら何でも持っている完璧超人だ。

実家はかなりのお金持ちだけど驕《おご》ることなく、堅い雰囲気もなくて接しやすい。

文武両道かつ目を惹く華やかな印象で、困った人を放ってはおけない……なんでも世話焼きだとか。

私とのあまりの格差に落ち込みそうだよ……。

「そうだなぁ。とにかく準備がいいな。弁当とかを作ってくれたり、夕食をお裾分けしてくれたり」

「へぇ～。至れり尽くせりだね」

「いつも助かってるよ。感謝してもしきれない」

「ふふっ。確かにそうかもね～。しっかりとお礼を言うんだよ～」

「もちろんだよ。あとは、朝起きてから家を出るまでに必要な何もかもが完璧に準備されてて、食べたいものを言ってもいないのに出てくる」

「準備が凄《すご》い……ってあれ？　朝起きてということは一緒に住んでるの⁇」

「住んではない。朝の勉強が終わって、部屋を出るといつもいるんだよ」

「それは怖くない⁉」

「そうか？　慣れれば何も感じないけどな」

「えー感じないんだ……」

「他には、『アルバイトなんてしなくていい』って、事あるごとに札束を渡そうとしてくる」

「え、ええ〜……それは受け取るの？」

「受け取らないよ。毎回断ってる。それに贈与税は高いだろ？」

「気になるところそこ……？」

「いや、税金は気になるだろ。納税は国民の義務だ」

ズレた回答に私は苦笑した。

告白の話に出てきた『お世話』ってフレーズもあながち間違いじゃないところが怖いね……。

ここは、気づいてもらうために忠告しないと……そう、友達として！

「ねぇ、きっくん。流石に世話焼きの度が超えてないかな？」

「懐が深すぎるよな。俺なんか自分のことで精一杯なのに、他の人を気に掛けるなんて」

「そういう意味で言ったんじゃないよ！」

「分かってるよ。これを甘んじて受け入れたら、親みたいなダメ人間になってしまう。それは気をつけないと」

「きっくんは、まず人の話をよく聞くことを覚えないとねー」

私は嘆息して肩を落とした。

きっくんは、思っている以上になんか沼に落ちている気がするなぁ。

あくまで予想でしかないけど、アピール合戦が過熱してだんだんとエスカレートしちゃいそう……。

でも、大好きな人を振り向かせたかったんだと思うと、共感しちゃうよ。自分自身を見ているみたいで……ハハハ。

とにかく、みんなの関係が拗《こじ》れて手遅れになる前に、私がなんとかしないと……っ！

私は胸の前で拳を握り、彼の顔を真っすぐに見た。

「話してくれてありがとう。お陰で色々分かった気がするよ」

「本当か？」

「うん！　きっくんに言いたいことはたくさんあるけど、その前にまずは確認かな？」

「確認？」

「今からのことをよく見て、よく聞いて判断してほしいんだけど。きっくんは二人に迫られたらどうしてるの？」

「直接的なものは断るよ」

「そうなんだぁ。こんなこと言いにくいと思うけど、どんな風に……？」

「どんなと言われても難しいな。時と場合によるところがあるから、再現となるとそれなりの状況じゃないと」

「うーん……じゃあ例えば、私がこうしたらどうする？」

「え……？」

私は彼の頬《ほお》に手を当て、にこりと笑う。

余裕があるように振る舞っているけど、心臓が張り裂けそうなぐらい激しく脈打っていた。

……これはきっくんのため。きっくんのためだからね。

どさくさに紛れてとか、あわよくば、自分がリードなんて考えは絶対にダメ！

彼の助けになりたいだけなんだからっ。

そう自分に言い聞かせ、

「キスしよう？」

と声を絞り出した。

そして、目を閉じて顔をどんどん近づける。

変な顔になっていない……まだ、止めてこないの？

そんな考えが頭を過《よぎ》った時、鼻がちょんとぶつかる。

薄目を開けると、何故《なぜ》かきっくんは微動だにせず私の顔を直視していた。

「流石に目は閉じてよ！　キス顔を見られるとか恥ずかしすぎるからぁ〜!!」

「いや、そう言われても……よく見てって言っただろ？」

「確かにそうだけどっ！　そういうことじゃないっていうか……！　と、とりあえず、キスする時は目を閉じないと〜」

「そういうものなのか。勉強になったな」

「はぁ。それに避けようともしなかったし、ぶつかる寸前だったよ」

「例えばって言ってたから、真優《まひろ》は絶対にしないと思ってたよ。一時の感情や事故を狙ってなんて絶対にしないし、誠実な人だと信じているからな」

「あ……うん。そだねー。私は誠実だよ……」

信じ切った真っすぐな目……心が痛い!!

いや、しなかったし！

こんなことで進展なんて私は求めていないけど、信頼されすぎているのもなんか複雑だよ～っ！

臨場感があった方がいいかなと思ってやってみたけど……私のメンタル的にこれ以上無理だぁ。

このままだと口から内臓が出てきちゃう……。

「じゃあ、きっくん。大体でいいからやってもらっていい？」

「分かった。付き合ってもらって悪いな」

「ううん。気にしないで。じゃあ行くよ」

「おう。いつでも来い」

「キスしよっか」

「断る。無理だ！」

「……」

――教室がシーンと静寂に包まれた気がした。

フリだと分かっていても、心にぐさりと五寸釘《ごすんくぎ》が突き刺さった気がする。

「……流石に即決されると傷つくよ？」

「曖昧な態度はよくないから即答したよ」

「気遣いはありがたいけど。うーん」

確かに優柔不断でいつまでも先延ばしにするよりはいいと思う。

あれこれ理由を並べるより、簡潔で最高に分かりやすい。

だけど、そうじゃないんだよね……。

「いい？　こういう提案ってすっごく勇気がいることなんだよ」

「勇気？」

「うん。恋をしてね、その好きな気持ちを伝えたり、行動に移すのって物凄《ものすご》く勇気がいるの。関係を変えようと踏み出す一歩は本当に大きな一歩なんだよ。失うかもしれない、壊れるかもしれない、そんな不安とリスクを超えた先にあるものだから……。そんな覚悟をして行動したことを即答されて傷つかないわけないじゃない」

「…………」

「だから、相手を拒むのならちゃんと理由を言わないとね。その勇気や気持ちは蔑《ないがし》ろにしてはダメだよ？」

私の言葉に彼は腕を組み黙ってしまった。

きっと頭の中で今までのことを振り返っているんだろう。

少ししてから嘆息して、「……これじゃダメだな、全然。大事にもできていない」と呟《つぶや》き天を仰いだ。

間違いを認めて、すぐに変えようとするのはきっくんのいいところ。

その証拠に彼はノートを取り出してから、「どう向き合うべきなのかな？」と訊《たず》ねてきた。

「二人が大事だと思うなら、お互いの気持ちの理解が必要だからね。受け入れるところは受け入れて、ダメなら理由を言う。当たり前に聞こえるけど、案外難しいことなんだぁ」

「気持ちの理解か……」

「うん。だから、今回のこともこれから返事をしていく必要があるよ。でも、まだ決められてないでしょ？」

「態度を保留するのは不誠実。だからといって結論が出なくてな。梓《あずさ》もゆいなも、大変な時に一緒だった大事な存在でどちらかの告白に答えてしまうと、もう一方を傷つけることになってしまう。全てが都合よくはいかないかもだけど、好意を無下にはしたくない。甘い考えかもしれないが、誰かを選ぶとかじゃなくてみんなが傷つかない方法があればいいんだけどな」

「傷つかない方法……確かに難しいかもしれないね。前途多難って感じ」

「恋愛ごとに疎い俺でもそれぐらいは分かっているよ。甘い理想だよなって……。けど、前みたいに仲良くできる、そんな関係が好きなんだよ」

「そっか。じゃあ、なおのこと知った方がいいと思うよ」

「二人の気持ちの理解。向き合うってことだよな」

「その通りだよ。単に拒否する、受け入れるだけじゃなくて、理解してから選ぶ方がいいんじゃない？　決めつけるより、知った上で決めた方が誠実だよ。安易な気持ちでの決定は、一番傷つける。それはきっくんが一番分かっていることでしょ？」

「……ああ。確かにその通りだな。俺は理解が足りてなかったかもしれない……」

「それが分かっただけ偉いよ。焦らず、ひとつずつ向き合っていこうね。私にできることは協力するから」

「ありがとう真優」

彼はお礼を言うと、穏やかな表情で微笑《ほほえ》んだ。

自分の中で方向性が決まったんだろう。どこかスッキリとした感じがする。

「なぁ真優。あのバカ親も含めて……みんなが夢中になる恋ってなんだろうな」

急にきっくんがそんなことを聞いてきた。

毛嫌いしている節があったのに、この変化は素直に嬉《うれ》しい。

二人を理解するためにも早く知りたい。きっとそんなとこだろうけどね。

でも、恋かぁ……。

「うーん。恋って何かと言われたら哲学的で、答えはないかなぁ？　みんなそれぞれ考え方や感じ方は違うよ」

「俺は真優自身の答えを知りたい。どんなことを恋だと思う？」

「私の？」

「ああ。俺に恋を教えてほしい」

「そ、そうだねぇ～」

動揺して噛《か》んじゃった……。

もう！　また誤解を生みそうな言い方をしてぇ～！

分かっているけど、真剣な目で見てくるからドキッとしちゃうよっ!!

私は深呼吸をして、自分の考えをそのまま話し始めた。

「これはあくまで私個人の考え方だけど……恋っていうのはね、不確かなドキドキより、その人を応援したいとか、見つめていたいとか、幸せになってほしいとか……。胸の中心がポカポカとあったかくなる想《おも》いのことを言うと……私は思うなぁ」

キッカケは些細《ささい》なことからだけど、積み重ねれば大きくなる。

その気持ちが成長して恋になってゆく。言ってて恥ずかしいかな……。

でも、残念ながら彼にはまだしっくり来ていないみたい。

私の話を聞いて実に悲しそうな表情で、「俺にはまだ分からないか……」と呟いた。

「残念がる必要はないよ。焦らなくても分かる時が来るからね？」

「そっか……真優に言われたら、そんな気がしてきたよ。早速、今日から行動してみるかな」

「ふふっ。すぐに行動できるのは偉いね～。褒めてあげよ～」

「それだけが取り柄だからな」

互いに笑い合い、茜色《あかねいろ》の光が差し込み始めた窓を見た。

「あ……」

「どうしたの？」

「やばい時間だ……」

「今日もアルバイト？」

「ああ。けど、バイト間に合うか微妙だな」

「あらら～。じゃあ急がないとね。つい、話し込んじゃって、ごめんね」

「いや、付き合ってくれて助かったよ。寧《むし》ろ勉強できなくてすまん」

きっくんは慌てて勉強道具を鞄《かばん》に詰め込んでゆく。

そんな彼を私は眺めていた。

「困ったらいつでも言ってね。そこは遠慮なくだよ」

「ありがとう。しっかりと向き合ってみるよ」

「ふぁいと〜おーっ！」

「お、おー？」

「しまらないなぁ。じゃあまたね」

「おう」

彼は短く返事をして、教室を出ていってしまった。

ひとり残された私は、窓から校門を見つめる。

少しして、走り抜けていく彼の姿があった。

「あーあ。独り占めの時間が終わっちゃったなぁ」

私の呟きは、静けさの中に溶けていく。

もう後ろ姿は見えないけど、私はしばらく校門を見つめていた。

第一話

SUBTITLE

素直じゃない幼馴染　東浜梓

When I told my female best friend who gives love advice, that I got asked out.

「お疲れ様でした。お先に失礼します」

ファミレスのアルバイトが終わった俺は、まだ残っている人たちに挨拶を済ませて足早に店を出た。

時計を見ると、もう二十一時をまわっている。

……遅くなったな。

俺は空を見上げ、ふぅと息を吐く。

肩をゆっくりと回しながらやや疲れ気味の頭をフル回転させて、この後にやるべきことを整理していった。

帰ったら月曜日の小テストの準備に、日々のルーティン……。

明日は休みだから、いつもより多めにこなそう。

それから、真優《まひろ》に言われたことをもとに実行に移さないとな。

今日の話は俺からしたら目から鱗《うろこ》が落ちたようだった。

自分の甘さ、身勝手さを改めて痛感している。

「『大事だと思うなら、お互いの気持ちの理解が必要だからね』だったよな。全くその通りだよ……情けない」

この言葉は、俺の胸に突き刺さっていた。

今までのことを思い返してみると、俺は自分のことだけで二人のことを考え切れていなかったと思う。大事にしたい、恩返しをしたいと考えておきながら、優しさに甘えて、一番大事な二人の気持ちから目を逸《そ》らしていた。

……いずれ恩返しをするんだと思っていても、それはまだまだ未来の話。

『今』は決して待ってはくれないし、『今』動けない奴《やつ》が未来を摑《つか》める筈《はず》もない。

明日やろうは馬鹿野郎とはよく言ったもので、まさしく今の俺自身だ。

きっと、今ある穏やかな日常に慣れ始めて、感覚が麻痺《まひ》していたんだろう。

──何事も当たり前だと思ってはいけない。

好意を考えないようにするんじゃなくて。考えて、逃げないで、悩みながら……そして、結論を出していかないといけない。

人を好きになるというのがどういうことか分からなくても、向き合うことで見えてくるのかもしれないから。

「理由を話したり、単に拒否したりはしない。素直な気持ち……それは本能的な……」

俺は、真優からの話を思い返して呟く。

そして『頑張ろう』と決意を新たに固めると、ブブッとタイミングよくスマホが震えた。

画面を見ると、真優からメッセージが届いていて、『くれぐれも私からのアドバイスって言っちゃダメだよ？　このメッセージも消して、スマホも見られないように！　応援してるよ、ファイト〜』と書いてあった。

「いい親友を持ったなって心から思うよ」

自然と顔が綻び、思わず笑ってしまった。

どこまでも付き合ってくれる頼れる親友は、助言を欠かさないらしい。

ほんと、相談をして良かった。

「……言われた通りにするか。消すのが名残惜しくはあるけど」

目覚めさせてくれた時の気持ちを忘れないためにも、彼女の金言は消したくない。

けど、彼女がそう言ってくるということは、きっと理由があるんだろう。

ありがとう真優。しっかり考えてみるよ。

俺は心の中でお礼を言い、真優と書いてある部分をスワイプして言われた通りに削除した。

「ねぇ。スマホを見つめて何をニヤついているの？」

スマホをしまって再び歩き始めようとしたところ、後ろから聞き慣れた声が耳に届いた。

……どうして今日はここに？

ある意味、タイミングがいい登場に胸がドキリとした。

別に悪いことをしたわけではない。だが、背中には嫌な汗をかき、妙な後ろめたさを感じてしまう。

もし神様というのが存在するのであれば……随分とせっかちらしい。冷静にこれからのことを考える余裕を与えるのすら、惜しいみたいだ。

……とにかくしっかりと話そう。アドバイスを生かして……。

俺は、動揺を悟られないようにして声がした方を向くと梓《あずさ》が立っていた。

少しウェーブがかかった明るい色の髪を人差し指で遊ばせ、風が吹いて髪が目にかかると鬱陶しそうに払《はら》い除《の》ける。

街灯に照らされた彼女は、スポットライトを当てられたわけでもないのに、周囲の視線を独占するほど煌《きら》めいているようだった。

「梓、俺は別にニヤついてはない。ただ、考え事していただけだ」

「ふーん。そうなの。へー……」

そっけない返事に加え、じとーっとした目を向けられる。

どうしてここに？　という疑問を晴らしたいが、いつにも増して不機嫌そうで聞くに聞けない。触らぬ神に祟《たた》りなしとは言うが、今がまさしくその状態なのだろう。

俺が梓の顔を見ると、彼女は手首に巻いた可愛《かわい》らしい腕時計をチラリと見て、ため息をついた。

「まぁいいけど。それにしても、ちょー遅くない？」

「そんなに遅かったか？　着替えを含めるとバイトの範疇《はんちゅう》だと思うぞ」

「いつもより四百二十一秒多くかかってるじゃない。何か事件に巻き込まれたんじゃないかって、バイト先に突入するところだったわよ」

「それは勘弁してくれ。てか、なんで時間を把握しているんだ？」

「幼馴染《おさななじみ》だから当然でしょ？　生活リズムぐらい把握していても、別におかしくないし」

「えっと、そんなに把握できることか……？」

「私はできるけど。まぁできないのなら、彰吾《しょうご》は精進が足りないんじゃない？」

「どんな精進だよ……」

「それで、どうして遅かったわけ？」

「大した理由はないけど、バイトの先輩と少し話していたからだよ」

「バイトの先輩……へーそう。それは男の人？」

〝バイトの先輩〟という言葉を聞いて、声のトーンが落ちる。

俺が『そうだよ』と答えると、ふんっと不機嫌そうに鼻を鳴らした。

いつもだったら根掘り葉掘り聞いてきそうなものだが、今日は追及する気はないらしい。

そこに違和感を覚えるが、考えるより前に梓が話を始めた。

「彰吾。時間は貴重で有限だからね。あなたの一分は、私にとって一年に相当すると思うの」

「なるほど。じゃあ、梓は俺よりも先に歳《とし》をとって朽ち果てることになるな」

「うーん……？　減らず口を叩く口はどの口かな〜？」

「ひっひゃるなっへ（引っ張るなって）」

頬《ほお》を両方とも引っ張られ、ぐりぐりとこねくり回された。

普通に痛い……。まぁ、梓の発言からバイトが終わるのを待っていたということぐらい分かる。

ただ出待ちみたいな真似《まね》をされると、「何してんの……」って感じが否めないが……。

「うーん？『何してんの？』って顔をしてない？」

「……相変わらず察しがいいというか、的確に心を読むなよ」

「幼馴染だから心が読めてとーぜん。秘密なんてないに等しいじゃない」

「いやいや、俺のプライベートはどこにいった」

「知ってる？　幼馴染は、揺り籠から墓場まで時間を共有するものなの。謂《い》わば、運命共同体ってやつね。そう思うと、幼馴染って偉大じゃない？」

「俺が思う幼馴染のイメージとは、かけ離れてる気がするんだが……」

「とりあえず聞かれる前に答えてあげるけど、私は塾の帰り。それで〝ついでに待っていた〟というだけね。そう、あくまで〝ついで〟だから」

腕を組み『ついで』を強調する彼女は、見ての通り素直ではない部分が多い。

痛いところをつかれると素直に認められなくて、強がってみたり、やや口調が悪くなったりしてしまう。

そして、言った後にはいつも『やってしまった！』と言いたげな表情に変化する……というのがお決まりの流れ。

見逃しそうなぐらい、僅かな変化だけど、少しだけ口の端がぴくりとするんだ。

嘘《うそ》みたいな話だが、学校では毒を吐くような態度をとることはないらしい。

才色兼備、品行方正、高嶺《たかね》の花《はな》、派手目な女神……というのが彼女が周りから受ける評価だ。

学校では自分の鞄に付けた花のストラップと同じ、レモン色の花の世話をしているらしく、その様子が絵になるぐらい芸術的に見えるとか。

ちなみにだが、ピアノを弾いている姿を見たら天使みたいと泣く人もいるほどらしい。

けど、残念ながら俺の前ではそんな雰囲気を醸し出すことはなく、本人はつい悪態をついてしまう。

妹が言うには、『ツンデレっぽくて面白い』とのこと。

付き合いが長いこそのじゃれ合いのようなもので、俺は全く気にしていないし、なんなら可愛く見えたりする。

まぁ、だからといって自分の気持ちを口にすることはしない……いや、待てよ。

真優は、『お互いの気持ちの理解が必要』と言っていた。

──ということは、俺の考えや気持ちを伝えるのも考えないといけないんじゃないか？

相手が自分のことを分かっていると思うのは傲慢な考えで、伝える努力をしないといけない。

……早速、実践しないとな。

俺は、真優に言われたことを頭の中でもう一度整理しつつ、彼女の顔を見た。

目が合うと、また不機嫌そうに眉を寄せる。

「……何よ。顔をジロジロ見て……」

「こんな時間まで待たせて悪かったよ。不安にさせたよな」

「わ、分かればいいのよ。どうせ……埋め合わせしてもらうし？」

「埋め合わせはするよ。いつもありがとな」

「……え、うん。あれ、断らないんだ……いや別に…………って、ニヤニヤしないでよっ！」

別にニヤついてはいなかったが、梓はそう言うと不服そうにそっぽを向いた。

いつもは勉強やバイトを理由に彼女の言う『埋め合わせ』を断っていたから、俺の反応が予想外だったのだろう。

動揺しているのか、顔がほんのりと赤くなっていた。

「そういえば、塾になんて通っていたか？　初耳なんだが」

「知らなくて当然よ。だって今日から通い始めたんだから」

「え、今日？」

「まぁね。駅近で立地もいいし、先生もユニークで良かったわ」

「へー」

「何か言いたげだけど……。私が塾に通うことがそんなにおかしい？」

「いや、通うことは否定しないが……。梓なら家庭教師を雇うでも良かったんじゃないか？」

「いーや。駅前の塾にしないと彰吾を観察…………いえ、監視できないし」

「おい、言い直した意味がないからな」

俺は、そうツッコミを入れて嘆息した。

「はぁ……思ったんだが、俺ってアルバイト先を教えてたか？」

「幼馴染だから」

「めんどくさい説明を端折《はしょ》ってるだけだろそれ。バイト先には来ないでくれって伝えた筈《はず》だ」

「行ってないし、〝ついでに〟近くで待っていただけでしょ。それとも、私から勉強する機会を奪うってこと？」

「そんなつもりはない。まぁ……勉強なら仕方ないか」

「でしょー？　これからも迎えに行くために塾には通うから。もちろん、塾がない日もね」

「いや、勉強のために通えよ」

そう俺が言っても梓はけろっとしていて、逆に『何を言ってるの？』みたいに肩をすくめてみせた。

「細かいことを言うとはげるからね？　ほら、既に頭頂部あたりに……あ」

「なんだその『言っちゃいけなかった』みたいな反応は……。冗談でも男には響く言葉だからな？」

「冗談……？　あ……そう、冗談ね。うんうん」

「急に哀愁漂う視線を向けるんじゃない」

「まぁそうね。元気を出しなさい。男の価値は髪の毛で決まるわけではないわ」

「マジで心配になるんだが……」

「ふふっ。とりあえず、彰吾の危機的頭部の話は置いておいて。未来のある話をしましょ」

「その言い方だと俺に未来がないと…………いや、まぁ何というか。いつも通り絶好調だな」

「どうもありがとう。いつも通り良好ね。彰吾がたとえツルツルになっても面倒を見るから安心して」

梓はそう言ってにこりと笑う。

俺が苦笑して「それじゃ行くか」と声をかけると、彼女は頷《うなず》き横にピタリとくっついて歩き始めた。

……近すぎると歩き辛《づら》いけど、まぁいいか。

俺たちは、他愛《たわい》もない話をしつつ足を進める。

そして、家が近づいてきたところで梓が「ねぇ」と話を切り出してきた。

「明日ってバイトは？」

「夕方からだよ。それまでは、いつも通り家で勉強だな」

「……別にバイトしなくても、お金の心配はないのに」

「ただでさえ世話になりっぱなしだからな、それは遠慮する」

「そう……」

梓は苦笑して、天を仰いだ。

それから、「明日は休日だし、家に行く……」とボソッと呟《つぶや》いた。

「分かった」

「だから、拒否しても絶対に無駄……あれ？」

「来ても問題ないが、勉強もしている間は待たせることになる」

「別にいい……けど」

「それなら良かった。時間作れるように頑張るよ」

「…………」

「どうした？」

「……今日はやけに素直じゃない？」

「まぁ梓と違って素直ではあるかな」

「何か言ったぁ〜？」

「耳が悪いなら、いい耳鼻科を紹介するぞ」

「む……そ、それにしても、いつもだったら自分に課したノルマを終わらせても『断る』の一言で終わらせるじゃない。どういうこと……？」

不思議そうに首を傾《かし》げて訊《たず》ねてくる。

普段の行いを改めて聞くと、恥ずかしいほど酷《ひど》い……。

真優に言われるまで、『将来のためにとにかく時間が惜しい』って断ることが多かったからな……。これから、本当に変えていかないとなって思うよ。

俺は、梓の方を向き笑いかけた。

「心境の変化があったんだよ」

「かなり大きな変化じゃない？」

「日々成長しないとってね。それで、今までの行動を省みて、考えるべきことがあるなと思ったんだ」

「困った……。これだと〝ダメ人間にするための百の方法〟が無駄になるじゃない」

「俺としては披露されなくて良かったよ」

「む……」

「なんか不満そうだな」

「……私色にできなかったのが不満」

「なんだそれ？」

「なんでもない」

実に素っ気なく答えた彼女だけど、ボソッと「早急に確認が必要じゃない」と呟くのを俺は聞き漏らさなかった。

……真優の忠告通り、言わなくて正解だったな。

言ってたら面倒ごとになっていたに違いない。

俺がそんなことを考えていると、腕をぐいっと引っ張られた。

「……他のことを考えてない？」

「他のこと？」

「ねぇ知ってる？　男性が思っているよりも数段、女性って察しがいい生き物なの。言うタイミングを逃すと後悔することになるから」

「……後悔か」

俺の言葉を待っている彼女は、表情を窺《うかが》うように見てくる。

その目は、話すまで逃がさないから、と言っているかのようだった。

「……ただ、親友に言われたんだよ」

「何を？」

「簡単に言うと、周りをもっと見ることをな」

「ふーん。友達がいたんだ」

「え……驚くところそこか？」

「まぁーね」

いつもはこんな態度で弱さを見せない彼女だけど、少しだけ安堵《あんど》しているように見えた。

俺の思い過ごしかもしれない。そう思ってしまうほど微《かす》かな変化で一瞬のことだった。

だが、彼女をよく見て、もっと知ろうとしていたから気が付いたのかもしれない。

そう思った時——なんで梓が出待ちをしていたのか腑《ふ》に落ちた気がした。

「梓、この前のことだけど。少しいいか？」

『先に切り出さないとダメだ』と思い俺が話を振ると、横を歩く彼女が立ち止まった。

「……何？」

やや俯《うつむ》きながら言うと俺に視線を向けてきて、様子だけ見ると怒りに震えて睨《にら》みつけてきているみたいだ。

だけど、鞄《かばん》を握る手に力が入っているのを俺は見逃さなかった。

俺が言おうと口を開くより前に、

「先に言っておくけど、あれはあくまでゲームの中の話よ。流れと雰囲気で変な感じになってしまったけど、別に深く考える必要もないから」

と、緊張を誤魔化《ごまか》すように早口で言ってきた。

俺から目を逸《そ》らして、返事を聞きたくない。と、暗にほのめかしているようだ。

きっと、今までの俺の態度が彼女をそういう風に動かしているんだろう。

だからこそ、まずは自分のことを伝えていかないといけない。

「これはあくまで今後の方針なんだが、聞いてくれるか？」

「……別にいいけど。方針って？」

「もう少し、視野を広くしていきたいと思うんだよ。考えを柔軟にして、自分を良い方に変えていきたい。何事も頭ごなしに否定して拒否しないで、まずは理解していこうって」

「どういうこと？」

「話を聞かない向こう見ずな今までの態度は改める。聞いた上で考えて、理解して……結論を出していきたい」

　恋愛に対して後ろ向きな気持ちは変わっていない。

　早々に根付いた考えを消し去ることなんてできないから。

　だけど、真優の話を聞いて、今は理解していきたいと思っている。

「私のヒモになったら、一生楽だと思うけど？」

「さっきも言ったけど、そのつもりはない」

「一生、甘やかしてあげるのに？」

「父親みたいなダメ人間には、なりたくないからな」

「そっか。そういう理由……」

　難しい顔をして梓は黙ってしまった。

　けど、すぐに手をポンと叩《たた》きニヤリと笑う。

　子供が何かいたずらを閃《ひらめ》いたような、そんな顔だ。

「じゃあこれからは私と彰吾の勝負になるってことね」

「うん？　勝負？」

「私は甘やかして尽くしたい人間。けど彰吾は違う。異なる信念がぶつかったら、そこは戦場でしかないじゃない！　ヒモになるかならないかの……ね？」

「なんだよ、その勝負……」

「ふふ。覚悟しといて」

梓はそう言ってゆっくりとこちらに手を伸ばし、胸を人差し指で突《つ》いてきた。

構ってほしそうに繰り返す彼女を見ると目が合い、にへらと緩んだ笑顔を向けてくる。

流石《さすが》に何度もやられると恥ずかしくて、俺は咳払《せきばら》いをした。

「じゃあ早速、これからのことで相談があるんだけど」

「相談？」

「そ。塾が終わるの毎回この時間なのよね」

「まぁ結構、遅いよな。また今日の場所にいるのか？」

「本当は、彰吾を迎えに行きたいけど……あの道って結構暗いしなんだか怖い」

「迎えは来ないのか？」

「絶対にイヤ！　車で送迎されたら息が詰まるし。だからといって、今日みたいな暗い場所で待つことは反対されそうね……あーどうしよー」

棒読みの後、チラチラと見てくる。

鈍い俺でも流石にこれは理解できるよ……。

かなり誘ってほしそうだしな。

けど、からかいの意味もこめて首を傾げてみせると、口を膨らませシャツの袖を摑《つか》んで上目遣いで見つめてきた。

「……察しなさいよ。馬鹿」

「普通に頼めよ」

「普通に頼めないから言ってるんじゃない。それぐらい分かるでしょ」

「まぁ幼《おさな》馴染《なじみ》だから分かるよ。これからバイト終わったら迎えに行くって」

「ふんっ。ならいいけど」

梓は、そう言って俺の腕をぎゅっと摑んで歩き出す。

不機嫌そうな顔をしているが、頰《ほお》は赤く染まっていた。

幼馴染も俺もそんなに素直な人間ではない。

だからこそ、気が合うんだろう。

——この関係を壊したくないと思ってしまうぐらいに。

第二話

SUBTITLE

義妹の小悪魔ムーブ　城戸ゆいな

When I told my female best friend who gives love advice, that I got asked out.

梓《あずさ》を家まで送り届け、自宅に帰った時にはもう二十三時を過ぎていた。

……経験したことのない緊張があったな。

そんな感想を抱きつつ、俺は伸びをしてふぅと息を吐いた。

バイト帰りで疲れてはいるが、今日はこのままでは終わらない……。

「よし……」

俺は自分の顔を叩き気合いを入れ、靴のかかとを揃《そろ》えてからリビングに向かう。

「ただいま」

ドアを開けると、そこには薄手のカーディガンを羽織った妹が目のやり場に困る格好でソファに寝転んでテレビを見ていた。

本人は気にしていないようで、俺と目が合うと、にへらと笑みを浮かべて手を振ってくる。

「おにぃおかえり〜。今日はなんだか遅くねー？」

「悪い悪い。待ってたか？」

「待った待った、ちょー待った。寂しすぎて泣いちゃうよ〜。えーん」

「〝えーん〟って口で言うなよ。演技って丸分かりだぞー」

「えへっ。バレたか〜」

「そもそも隠す気なんてないだろ？」

「もちっ」

ベロをちょこんと出して、あざといポーズを決める。

今日も今日とて、ゆいなは絶好調らしい。

「ゆいな、お前はもう少し羞恥心を持てないのか？」

「可愛《かわい》いからよくない？　ゆいなにピッタリでしょ⁉」

「似合ってて可愛くてもダメだ」

「あ、可愛いのは認めてくれるんだぁ。やったねぇ」

「喜ぶ前に厚着しろ。兄として妹が風邪を引かないか心配なんだよ」

俺はため息をつき、近くに転がっていたブランケットを拾う。

そして、そのままゆいなの足にかけてあげた。

「さんきゅ〜。おにぃ、愛してるぜぇ」

「はいはい」

「あ、てきと－に流したなぁ。本気なのに－！」

「本気の人間は口にしないで、行動で示すものなんだよ」

「アハハ！　確かにそうだね～。行動で示さないと！」

「お、おい。すぐにくっつくなって……お前はもう少し距離感を考えろ」

「え、まさか。おにぃはこの程度で照れてるわけ？」

「んなわけあるか……」

「だよね～」

　ゆいなはにやりと悪戯《いたずら》っ子《こ》のように笑うと、俺の腰に腕を回してぎゅっと抱きしめてきた。

　ちらりと俺を見ては反応を楽しんでいるようである。

　まったく……本当にタチが悪いな。

　ゆいなは背が低く童顔だけど、出るところが出ていてひかえめに言ってもスタイルがいい。

　男の目を惹くような見た目に、そしてノリが良くて明るい……と、非常に周囲からのウケがいいのが〝城戸《きど》ゆいな〟という人物だ。

　それ故なのか、ゆいなは自分の可愛さを理解した行動が多い。わざと挑発するような仕草をしてからかってくるのは、日常茶飯事だった。

その度に、引きはがすのが最早《もはや》恒例となっている。

俺はくっつくゆいなを引きはがして、咳払いをした。

「愛子さんはもう寝てる？」

「あ、露骨に話を変えたね⁇」

「えーっとね。ママは、明日は朝からだから早めに寝るって言ってたよー」

「そっか。土曜日なのに大変だな……」

保育士の仕事は朝番がある。

愛子さんの場合は朝からのシフトが多く、だから寝るのも早い。

明日、手伝えることはやりたいな……ただ、俺に家事スキルはないが……。

やろうとしても梓がいつの間にかやっているから、俺の出る幕がないんだよな。

自立への道が遠く感じてしまう。

そんなことを考えていると、ゆいなが俺の顔を覗《のぞ》き込んできて、じーっと見つめてきた。

「ん？　どうかしたか？」

「そういえば、おにぃはなんでいつもより遅かったのー？」

「バイトの後に梓に会ってさ、家まで送ったんだよ」

「ふむふむ……なるほどねぇ。会ったというよりは、待ち伏せされてた感じかな？」

「まぁな」

「やった大正解！　いやいや～。流石はあずあず、行動が早いこと早いこと」

ゆいなは、愉快そうに笑った。

帰りに何があったのか、なんとなくだが状況を把握したのだろう。

うーんと伸びをしてからゲームのコントローラーを持ってきて、俺の前でチラつかせた。

「ねぇねぇ。暇になったらこれで遊ぼーよ」

「まぁ風呂に入った後ならな」

「ありゃ？　珍しく乗り気じゃん。いつもは『勉強があるから無理』なんて言うのに、もしかして兄妹《きょうだい》の親睦を深めたくなった感じ？」

「心境の変化というか……たまにはって思ったんだよ」

「……ほー、へー。ま、ゆいな的には付き合ってくれるなら嬉《うれ》しいなっ！」

家にあるゲームは一昔前のものが多い。

というのも、大体は自分の家に置いておけない梓が勝手に置いていったか、もしくは、ゆいなが中古で買ってきたものばかりだからだ。

最新のゲームはないけれど、個人的には十分楽しめるのが揃っている。

まぁ、最近は三人で遊ぶことはあっても、ゆいなと二人でゲームをすることはなくなっていた。

だから、随分久しぶりとゆいなも思っているだろう。

いつも以上にテンションが高いし、鼻歌まじりでウキウキしている。

向き合っていくなら、こういうところからだよな。

俺はそんなことを考えながら、ゲームを準備するゆいなを眺めた。

「さぁさぁ〜じゃあ早速だけど、〝カー◯ィのエアライド〟からいこー！」

「懐かしいな、それ」

「うん！　言わずと知れた名作中の名作。これで勝負だよっ！」

「別にいいが……それって友情崩壊ゲームって言われてなかったか？」

「いやいや〜だからこそいいんだよっ！　試される愛……壊れるか深まるかの瀬戸際……そのスリルがたまんない！　みたいな？」

「そんな楽しみ方をするのは、ゆいなぐらいなものだよ」

「中々、通な楽しみ方でしょ〜。それともマシンが破壊される度に、罰ゲームとかしとく⁉」

「しない。そんなルールだと全力で破壊しにくるだろ……」

「そんなことしないよぉ〜。嫌だなぁ〜」

「無駄にいい笑顔。信用ならねー」

俺はため息をつき、肩を落とした。

「罰ゲームがなしならゲームに付き合うよ。アリだったら今日はしない」

「えー賭けるものがあるから盛り上がるのにぃ。『魂を掛けるぜ！』ぐらい言わないと！」

「そんなデスゲームはしたくない。ってか、普通に協力系のゲームにしないか？」

「らじゃ～。すぐ持ってくんねー」

ビシッと敬礼をして、けらけらと楽しそうに笑う。

そして、ゆいなは次のゲームを持ってきた。

「次はこっちとかどう⁇」

「これはＰ◯Ｐ？」

「さぁさぁ～ひと狩り行こうぜ！」

「勿論《もちろん》、構わないぞ。操作は忘れてるが……なんとかなるか？」

「おにぃは、エリアギリギリからバフで援護してくれればいいよ！　素材はちゃんとあげるからっ」

「接待プレイだな……まぁそれはいいか。今日はとことん付き合うよ」

「やったねぇ。今日のおにぃは素敵～大好き～！　流石はイケメーン」

手をパチパチと叩《たた》き、分かりやすく煽《おだ》ててくる。

ただ、Ｐ◯Ｐは起動するか……？

「それでゆいなはどれをやりたいんだ？」

「えーっとね。まだ、ラ◯シャンロンの角が足りないんだよねぇ……。だってさ、クエスト一回クリアしてやっと角がひとつなんだよ⁉　しかも確定でもないしさぁ～これって鬼畜だと思わない⁉」

「確か、割と時間もかかるよな……」

「そうなの！　一人だと周回大変だし、裸縛りをする身としては困っちゃうってわけよー」

「縛りプレイやめればいいんじゃないか？」

「いや、困難な状況って燃えるじゃん？　激熱展開でしょ‼」

「顔近いって」

「なぁなぁ、おにぃ。テンション低いよ～。これからが上げ時なのにぃー！」

「低いって、ゆいなのテンション高すぎるんだよ……」

「え～夜は色々と昂《たかぶ》らない？　夜中になると元気になるんだよねぇ～」

「だから、朝起きられないんだよ……ったく」

俺は苦笑して、やれやれと肩をすくめてみせた。

「じゃあ、風呂入ってからやろうか。少し待っててくれ」

「おっけー。じゃあ背中流してあげる！　疲れてるならマッサージするよっ！」

「別にいいって。マッサージなら風呂上がってからにしてくれ」

「え……？」

「なんで、『何言ってんの？』みたいな顔をしてるんだよ……」

「いやいや〜。だって水着を着るなら問題ナッシングでしょー？」

「問題しかない。そもそも高校生にもなって一緒にはおかしいからな」

「それってなんかの法律⁉」

「違う。一般常識だ」

「ふっふっふ。常識は破るためにあるんだぜ？」

「無駄にキメ顔で言っても俺は認めない。てか、冗談って俺は分かるけど、梓みたいに真に受ける奴《やつ》もいるから、発言は時と場合を考えてくれ」

「あいあーい」

ゆいなは適当な返事をして、ソファーにごろんと寝転がった。

ゲームで顔を隠すようにしているが……時折、顔を覗《のぞ》かせていた。

「本当に分かってる……？」

「分かってるって！　全然本気じゃないし、半分ぐらいは冗談だからー」

「全然安心できないな……」

「アハハ！　ってことで、おにぃが風呂から戻るまで待っとくなぁー。ほらいってら〜」

「切り替え早いな、おい……。まぁいいけど」

俺は大きなため息をつき、風呂にひとりで向かった。

ゆいながふざけて入ってこないように、念のため鍵を閉める。

残念ながら、悪戯《いたずら》される気がしてゆったりとはできなかった。

◇◇◇

「ぐへへ〜。剝《は》ぎ取ってやるから覚悟しろ〜。お、いいの持っているじゃねぇか。へっへっへ」

「発言が追いはぎだな。目が怖い」

「お前のタマをよこせ〜」

「はいはい。宝玉ね。あれは中々出ないよな」

と、まぁ風呂から上がった俺はゆいなとこんな風にゲームを楽しんでいた。

時計を見るともう夜中の三時で、随分と長い時間やっていたらしい。

いつも元気な妹も流石《さすが》に疲れてきたようで、ふぁ〜と大きな欠伸《あくび》をした。

「もう夜遅いしさ。眠いなら、ここらで終わりにするか？」

「やー」

「嫌がってもさっきから死にまくってるじゃないか。このままだと寝落ちするぞー？」

「夜通しでやりたいの〜」

「我儘《わがまま》言っても、体力的に無理だろ」

「ふっふっふ。今夜は寝かせないぜ？」

「眠りそうな奴が言うなって」

ゲームを続ける俺たちだが、久しぶりに長時間やったこともあり眠気がどんどん襲ってくる。

ゆいなも強がってみせているが、どうにも限界が近いらしい。

クエストが失敗したタイミングで、ゆいなが俺の肩に頭を預けて寄りかかってきた。

「……いいじゃん、もう少し遊んでくれたって。二人って久しぶりなんだし……」

「別にまたできるだろ？」

「そー言ってさぁ。すぐ心変わりするのが人じゃん？」

「確かにそれは事実ではあるが……」

「あーあ。きっと、寝て起きたら今日みたいなおにぃとはもう会えないんだろうなぁ〜。はぁぁ、寝るのがもったいねー……」

語尾に行くにつれてどこか寂しそうな声になった。

つまらなそうに口を尖《とが》らせて、俺が見ると隠すように顔を逸らす。

そして、うつ伏せになるように俺の足に顔を埋《うず》めて黙り込んでしまった。

俺は、ゆいなの頭を優しくなでる。

驚いたのか……少しだけびくっとしてから、ゆっくりと顔を上げた。

「なぁ。ゆいな」

「なーに、おにぃ？」

「今更かもしれないけど、これからもゲームとか一緒にやろうな。勿論、勉強とかやることをやってからにはなるけど」

「……ほんと？」

「本当だ。本当。嘘《うそ》はつかないよ。そもそもつきたくもない」

「……勉強が一生終わらないから遊べないとか言わない？」

「やけに具体的だな……」

「だって、おにぃはそういうところあるし」

「悪かったよ。そんな屁理屈《へりくつ》は言わない」

俺がそう言うと、やや潤んだ瞳を向けてくる。

じっと見つめる彼女は、俺の真意を確かめているようだった。

……嘘じゃないって分かってもらわないとな。

俺はそう思って目を逸らさないようにする。

無言の時間が続いて、一分ぐらい経《た》ってからゆいなが「言質《げんち》取った〜っ!!」と、言って拳を高らかに突き上げた。

「え……？」

「言った、言ったからね⁇　じゃあこれからも息抜きに付き合ってもらうよ～！」

「お、おい⁉　だから、抱き着くなって！」

「や～だ」

頭をぐりぐりと動かす彼女の表情は、悪戯を成功させた子供のように無邪気なものだった。

嬉《うれ》しそうにするゆいなを見ていると、こちらまで嬉しくなってくる。

けど、どこか釈然としない部分も……まさか？

俺はゆいなの顔を見る。

「てへっ」と、舌をちょこんと出してあざといポーズを見せてきた。

「……演技か？」

「ひどーい！　女の涙を疑うなんてぇ～。ダメだよ……お・に・いちゃーん？」

「はぁぁ。からかうのも大概にしとけよ……」

「おにぃ怒らないでよ～。でもさ、女の涙を見て慌てるなんて……お主もまだまだだよのぉ～アハハ‼」

胸をバシバシと叩いてきて、楽しそうに笑う。

やられた……手玉に取られた気分だよ。

俺は嘆息して肩を落とした。

「まぁおにぃはここから学べばいいんじゃない？　女の子って怖いよ～？」

「ゆいなが言うと説得力が違うな」

「でしょでしょ～？　おにぃは私がいないと騙《だま》されやすくて心配だよー。変な人とかに引っかかりそうだし。だから、ゆいなが身を削って女の子の怖さを教えてあげたんだから感謝してねっ」

「そうだったのか……？　てっきりからかわれたと……。ゆいな、ありが――」

「って言うと好感度爆上がり！」

「色々と台無しだ……ったく」

ため息をつく俺を見て、「にゃははは～」と、お腹《なか》を抱えて笑い出した。

なんだか照れ臭くなって、俺がその場から離れようと体を動かす。

すると、ゆいなは俺の服を掴《つか》んできた。

「ん？　また寝たくないアピールか⁇　まぁ、まだゲームをやりたいなら最後に少しだけ付き合うよ」

「違うよ～」

「違うのか？」

ゆいなはこくりと頷《うなず》いて、俺の足から起き上がって横に座り直した。

「ゲームに付き合ってくれてゆいな的には嬉しいけど、そろそろ何があったか話してくれてもいいんじゃないかい⁈」

彼女はいつも通り、にこにことしている。

だけど、いつも通りだからこそ、妙に力が入っているように感じた。

……気を遣わせてるな。向き合うって決めたんだから、俺がしっかりしろよ。

俺は小さく息を吐き、ゆいなの目を真っすぐに見た。

「ゆいな。この前のことだが」

「あ、ちょっと待ってねぇ。ひとつ確認なんだけどさぁ。あずあずに会った時に、この話には当然なった感じだよね？」

「ああ。それで遅くなったんだよ」

「なるほどねぇ……うんうん」

ゆいなは、眉間にしわを寄せて難しい顔をした。

それから頭を掻《か》き、ため息をつく。

「まぁ別に気を遣わなくていいよ？　あずあずなら多少は納得している部分もあるし……。あーまぁ……覚悟はしてた、みたいな？」

「……覚悟？」

「そうそう……そんでさ、結婚式の日取りはいつなの〜？」

「待てゆいな。どうして梓に話したらそうなるんだ……？」

噛《か》み合わない会話に俺たちは顔を見合わせて、それから二人して「ん？」と首を傾《かし》げる。

俺は勘違いを正すために、梓に話したことをゆいなにも伝えることにした。

話を聞いている間、ゆいなは目を丸くして何度も瞬《まばた》きをしていたり、まるで幻を見たかのように自分の頬《ほお》を何度も抓《つね》ったりしている。

そして、話を終えると「夢オチってパターン？」と首を傾げた。

「夢じゃないぞ？」

「え、じゃあ……もしかしてゆいなはパラレルワールドに来ちゃったのかにゃ？」

「安心しろ、ここは現実だ」

「え、マジ……？」

「そんなに信じられないか？」

「え……だってさぁ。恋愛を嫌悪しているおにぃから、『理解しようとする』なんて言われたらビックリするって」

「心境を変化させる出来事があったんだよ。それは、梓に何か言われてとかじゃない」

「そっかぁ。よくよく考えたら、あずあずは肝心なところでニワトリさんになるタイプだったねー……」

「なんだそのタイプ？」

「ううん。こっちの話だから気にしない気にしな〜い」

笑って誤魔化《ごまか》そうとしているのは分かるが、問い詰めても答えてくれないだろう。

俺が聞くことを諦めて、肩をすくめてみせるとゆいなは、腰のあたりをつんと触ってきた。

「くすぐったいんだが……」

「ごめんねぇ。でも、おにぃが恋愛に興味を持つなんてさ、すぐには信じられないよー」

「根本は変わっていないよ。恋愛に現《うつつ》を抜かすなんてあり得ないと、他にやるべきことがあると考えている」

「んじゃあ、どーして？」

「言われたんだよ。それを聞いて、ただ自分の考えを通すにしても、好意を無下にしてはいけないし、理解もしないのに否定してはいけないと思うようになったんだ」

嫌悪していたことにも向き合い、勉強以外にも当然向き合う。

二人から向けられた好意も、恋という感情にも全部。

それが俺の中で納得できた時、見えてくるものがあると思うから。

「なるほどねぇ。てっきり、おにぃはゆいなと同じだと思ったんだけどなぁ～」

「同じ？　ゆいなも恋愛に興味がなかったのか……？」

「理由は言わなくても、おにぃなら分かるでしょ？」

ゆいなは大きなため息をひとつついた。ソファーに背を預けて、全身から力が抜けていくように、またため息をついた。

どこか苦い顔をして、苛立《いらだ》っているようにも見える。

きっと、大変だったあの時を思い出しているんだろう。

「離婚って辛《つら》いよな」

「ほんと辛い。思い出すだけで胃液が全部逆流してきそー。自分も辛かったし、何よりママが一番辛そうだったなぁ……」

「そうだな……」

毎日泣いて、俺たちに謝ってきた愛子さんは、見ているこちらも辛かった。

梓と出会わなければ、路頭に迷っていた可能性だってある。

親が離婚したことで起きた変化、それは思い出すだけで、苦い思い出だ。

まだ子供だったけど、胸を抉《えぐ》られるような感覚は忘れることはない。

それは……俺とゆいなにしか、分からない痛みだと思う。

「だから、ゆいなには結婚をする意味って分かんないんだよねぇ」

「俺も分からないよ。ただ、一緒にいるための形ってことなんだろ？」

「でもさー。一緒にいる形ってそれだけじゃないと思わない？　それに、結婚すると制約がたくさんあって、面倒も増えるんだよ」

「それは凄《すご》い分かるな……」

「でしょー？　おにぃなら分かってくれると思った」

「人の感情は流動的だから、最初と同じ気持ちとも限らないのも……はぁ、これはなんとも言えないか」

「だねー。結婚とか、告白とか、付き合うとか、分からないな～」

「ああ。けどさ、じゃあ何であの日、ゆいなは……」

俺が聞こうとしたら、唇に人差し指を当てられて止められてしまった。

どうして止めるんだよ。

そう思って彼女の顔を見ると、誘うような妖艶な笑みを浮かべてこちらを見ていた。

「ふっふっふ。教えてあげな～い！」

「……教えてくれないのか？」

「もちっ！　分かったら答えを聞かせてよ」

「答え合わせ？」

「そうだよっ。だって理解するように頑張るんでしょ～？　じゃあさ、聞いてばかりじゃなくて、ゆいなのことも理解しなきゃ～」

ゆいなはそう言って、くすくすと笑う。

試すような、面白がっているような女の眼《め》の色をしていた。

「ただ、ひとつだけ言っておくと、女の子を簡単に理解できるなんて思っちゃダメなんだからねぇ？　難解な数学の問題よりも複雑なんだからっ」

ゆいなは、俺の胸に銃を突きつけるように人差し指を当ててくる。

そこにはいつもの無邪気な感じではなく、自分よりも大人な余裕があるように思えた。

けど、そんなことを思ったのも束《つか》の間《ま》、ゆいなは再びだらっとした態度になり、またゲーム機の電源を入れる。

「さぁ〜て。話をして眠気がなくなったことだし、もうちょい遊ぼうぜ！」

「え、まだやるのか？」

「夜は長いからねぇ。今からミ○ボレアスを狩るよっ」

「時間がかかるやつじゃないか……」

「アハハ！　じゃあ始める前に〜」

ゆいなは軽い足取りで冷蔵庫に向かった。

「おにぃは飲み物いるー？」

「ああ。もらおうかな」

「んーおっけ〜」

ゆいなは炭酸飲料をコップに注ぎ、俺に渡す前にひと口だけ口にした。

そして、それをそのまま俺に手渡してくる。

あまりに自然な流れだったので受け取ってしまったが……これだと、

「はい、どうぞ間接キス」

「ゴホッゴホッ!?」

意識しないようにしていたことを言われ、思わず咳込《せきこ》んでしまった。

「ウケる〜。じゃあ長い夜が始まるよ〜!」

テンション高く宣言した彼女はとにかく楽しそうだった。

だが、そんな夜中のテンションはいつまでも続くことはなく……。

一時間後——ゆいなは見事に沈んでしまっていた。

「……ははっ。やっぱり寝落ちか」

あんなにテンションが高かったのに、とうとう充電が切れてしまったようだ。

俺の足を枕にして、安堵《あんど》の表情をしている。

寝たふりをして、また俺のことをからかっているのか……って思ったけど、可愛《かわい》らしい寝息まで聞こえてくる。

「俺の足じゃ寝づらいだろ」

どうにか脱出しようにも、こんなに気持ちよさそうに寝ていたら起こすのに少なからず罪悪感を覚えてしまう。

ゆいなの寝てる表情はあどけなくて、どこか触れたくなってしまうような……そして、懐かしさがあった。

よく話すようになってから、昔はこうやって寝たこともあったな。
そんなことを思い出すと、つい笑ってしまう。
俺は近くに転がっていたブランケットを掴むと、ゆいなを覆うようにかけてあげた。
「……俺は向き合えているといえるのか？」
そんなことを思い、俺は真優《まひろ》との会話を思い出して考えをまとめてゆく。
自分の意識を手放すまで、俺はこれからのことを考え続けたのだった。

第三話

SUBTITLE

妹と幼馴染の競い合い

When I told my female best friend who gives love advice, that I got asked out.

「ぐっとも一にんぐ、彰吾《しょうご》。とてもいい朝ね」

そんな声とともに、やや強めの日差しが俺の顔を照らしてきた。

眩《まぶ》しい光が、ふわふわとして気怠《けだる》い意識を徐々に鮮明にしてゆく。

「梓《あずさ》……？　もう、朝……」

眠い目を擦《こす》り、声のする方を見ると、梓が満面の笑みを浮かべて立っていた。

付き合いが長い梓は、こうやって俺たち兄妹《きょうだい》をよく起こしに来る。

愛子さんが朝番でいない時は、朝食まで用意してくれて、家事が得意ではない俺たちはおんぶに抱っこ状態だ。

ただ、世話になりっぱなしは悪いと思うから、何とかしたいんだが……。

少しでも手伝おうとすると、『邪魔だからやめて』って拒否されてしまうんだよな。

「おはよう。今日も早いな」

「もう昼前だけど一？」

「そう……なのか？」

俺は時計がある方を向く。

針は正午の少し前を指していた。

「……やばい、寝すぎた」

「そうね。珍しくお寝坊さんじゃない？」

「ハハハ……。気が抜けていたのかもな。しっかりしないと……」

「誰しもミスや失敗はあるから仕方ないわよ。全てが完璧なんて有り得ないし、逆に完璧すぎたらそれは人ではない何かね。だから、落ち込む必要はないわ。ミスを認めて次に生かすことの方が大事なんだから」

「そうだよな、ありがとう」

お礼を言うと彼女は優しく微笑《ほほえ》んできた。

追い込みすぎてしまいがちな俺を励ましてくれたんだろう。

その気持ちがとても心地よく………ん。

けど、何故《なぜ》だろうか。

笑顔が妙に作られているような気がすんだが……。

俺はもう一度、梓の顔を見る。

笑顔ではあるが、口の端がなんだかぴくついていた。

「……気の迷い、ミスや過ちというのはあると思うの」

「梓？」

「けどね。理解はしていても、説明が欲しいことはあるのよ。それは分かるわよね……？」

……笑みが、かなり怖い。

お陰で眠かった頭が一瞬にして冴《さ》えわたり、同時に自分の置かれている状況が誤解を生む可能性のある最悪なものだと理解した。

——足に感じる温かくて、柔らかい感覚。

——もぞもぞと動く、くすぐったい感覚。

梓はニコニコとしながら、足にかかったブランケットをめくる。

そこには、猫のように丸くなって寝ているゆいなの姿があった。

「さぁ彰吾………この状況がどういうことか説明してくれる？」

そう聞いてきた彼女はじっと俺の顔を見て、笑いながらも妙な圧迫感を俺に与えてきている。

それはまるで試合前の焦燥感や緊張感と似たようなものだった。

「先に言っとくが、これは誤解で梓が想像しているようなものではない」

「へー。じゃあ焦る必要もないんじゃない？」

……どう説明しようか。

別に何かやましいことがあるわけじゃない。

ゲームをして、寝落ちをした。それが真実で、それ以上でも以下でもない。

だが、第三者からしたらそうは見えないだろう。

まず、ゆいなの格好が非常に不味《まず》い。

寝巻は見事にめくれていて、目のやり場に困る光景となっていた。

無防備すぎる彼女には、ため息しか出てこない。

……誤解を生まないためには、起きてもらうしかないか。

「ゆいな。そろそろ起きてくれ」

俺はゆいなを揺らすが、「んっ」と艶《なまめ》かしい声を出してくるだけで起きる気配がない。

それを聞いて、俺は嘆息した。

「おい……この状況を楽しむなって」

「……スヤスヤ。むにゃむにゃ」

「口で言うな、口で」

俺が脇腹をくすぐると、ようやく動き始めた。

「アハハ～っ！　もうやめて～」

「ったく、早く起きて梓に説明してくれ」

「もちっ！」

ゆいなはあざといポーズを決めて、梓の方を向いた。

ニコニコとした表情は無邪気で愛くるしく見える。

だが、梓はそんなゆいなとおにぃは、すっごく相性が良かったたって話〜」


「えーっとね。ゆいなとおにぃは、すっごく相性が良かったたって話〜」

「……あ、相性？」

「誤解を生むような言い方をするな。梓、ゆいなが言ってることは遊びのことだから」

「ええ!?　ゆいなとは遊びだったの!?」

「……彰吾？」

「あー……何て言えばいいんだよ……」

演技で涙を浮かべる妹に、笑顔が凍《い》てつくほど怖い幼馴染《おさななじみ》。

俺は肩をすくめて、大きなため息をついた。

「ゆいなとはゲームをしたんだよ。協力プレイのゲームな」

「そういうことね。まったく、彰吾はバイト後で疲れてたんじゃないの？」

「まぁたまにはいいだろ。そういうことも」

「ふーん、なるほど……」

梓は神妙な顔をしてから、ゆいなをチラリと見る。

それから「宣戦布告ってことね」と物騒なことを呟《つぶや》いた。

「ゲームがやりたかったなら、今度は梓もやるか？」

「そうね。今度は一緒にやろうと思うわ。まぁでも、昨日のことは予想通りって感じだけど」

「疑わないのか？」

「別に何とも思っていないわよ。理由もなんとなく想像がつくし。そもそも、隠そうとしても彰吾って嘘《うそ》が下手《へた》じゃない。どうせ、我儘《わがまま》に付き合わされただけでしょ？」

「ま、まぁ」

「ゆいなが甘えん坊のブラコンなのは、今に始まったことではないわけだし。さっきは、あーでも言わないと起きてこないと思ったからよ。まったく、いつもゆいなは甘えてばっかで……」

「ははっ。流石《さすが》だなぁ」

「ま、これでも幼馴染歴が長いしね。そのぐらい理解して当然」

髪をさらっと掻《か》き分けて、自慢気に胸を張っている。

それから、いつまでも離れようとしないゆいなを見た。

「さぁゆいな。いつまでもベタベタしてないで、彰吾に迷惑をかけないの」

「へ～。おにぃは嫌な感じー？」

「嫌じゃないが、時と場所を考えてほしいかな」

「ふむふむ。じゃあ家ではオールオッケーってことになるねっ！」

「ちょっと！　どうしてそうなるの⁉」

「だって嫌じゃないなら、止《や》める必要ないじゃーん。それに、ただ枕替わりにして寝転がってるだけだしぃ～」

「いい？　兄妹というのは、適度な距離感が必要なものよ」

「さっきからあずあずは意地悪だなぁ～。あ、もしかして羨ましいとか？」

「はぁ。何を言っているんだか……。そんなことを思うわけないから」

「ふ～ん。じゃあ、おにぃのお膝の上はゆいなのものー」

俺を置いてけぼりにした会話が進み、苦笑するしかなかった。

ゆいなは膝の上に座り、「えへ～」と無邪気に笑っているが、何度も梓に視線を送っているようだ。

それを見た梓は、わなわなと震え出し何か言いたげに口を開く。

だが、俺と目が合うと、ふんと不機嫌そうに鼻を鳴らすだけだった。

「とりあえずお昼を作るから着替えてきて。いつまでも寝間着姿じゃだらしがないから」

梓はそう言って、俺とゆいなの服をそれぞれ渡してきた。

上下セット、今日の天気にぴったりな服装だ。

相変わらずの準備の良さに脱帽なのだが……その前に。

「当たり前のように部屋から持ってくるなよ」

「ちゃんと準備をしないあんたが悪いんでしょ？」

「俺がやる前に梓がやるからだろ。自分でやる意思はある」

「あっそ。ちなみに彰吾がやろうとしても全力で止めるけどね」

「いや、止めるなよ。少しぐらい自分でやった方がいいだろ……」

「別にやる必要はないわよ？」

……必要はあるんだよな。

お陰で勉強の時間は確保できているから感謝ばかりなんだけど。

でも、与えられるだけは嫌なんだよ。

俺も与える人間になりたいと思うから……。

「やっぱり俺も自分のことは、自分でできるようにしたいな」

「嫌よ。絶対に嫌」

「そこまで拒否するのは何か理由があるのか……？」

「……そうね」

梓は少しだけ考えて、手をポンと叩いた。

「何もできないダメ人間にしたいから……って感じ？」

「なんだ。その『今、思いついた』みたいな反応は……」

「ソンナコトナイー」

「片言じゃないか。ヒモとかダメ人間になるのは嫌なんだが……？」

「三食飯付き、散歩付きなのに？」

「それ犬と一緒だからな」

「わがままねー」

呆《あき》れたように肩をすくめた。

何で俺がおかしいみたいになってるんだよ。

「ともかく、このぐらい世話を焼くのは幼馴染だったら当然ね。いかなる時も一緒にいるのが義務なの」

「明らかに幼馴染の範疇《はんちゅう》を超えているからな？　いつからそんな拡大された定義になったんだよ」

「え……もしかして、知らない？」

「『常識でしょ？』みたいに言うなよ」

「勉強不足ね。広辞苑《こうじえん》にも載っているわよ」

「アホか。載ってないだろ」

「お金の力でこれから載せるの」

「金持ちってこえー……」

冗談でも冗談には聞こえない。

流石にできないとは思うが、梓の場合はやりそうに思えてしまうんだよな。

そのぐらい突っ走る要素が彼女にはあるから……。

「それで結納はいつにする？」

「なんだその雑なフリは……。話が唐突すぎるだろ」

「え～。おにぃはゆいなと一生一緒でしょー？　結婚なんてするわけないじゃーん」

「今、会話に入るとややこしくなるから、ちょっと言うのを抑えて――」

「はぁ？　ゆいなは何を言ってるの？」

「え……。まさかぁ……まだあずあずは現実が見えてないのかなぁー？」

「「………」」

俺は二人の姿を見て、頭を抱えた。

黙って見つめ合う二人の間には、火花が散っているみたいに見えてしまう。

しばらく沈黙していたが、ようやくゆいなから口を開いた。

「でもでも、考えてみてよ。あずあずは綺麗《きれい》で可愛《かわい》いけど、ちょっと足りないものがあるじゃん⁇」

「視線が特定の場所に向いてるんだけど、そういうことを言いたいわけ……？」

「え、え～っ⁉　そんなことないよ！　ゆいな的には〝優しさ〟がもうちょい欲しいなーって思っただけなのに～」

「なっ⁉」

「あ～でも、すぐにそういう方向に考えちゃうということは…………まぁ元気出して、ね？」

「お、大きいのがそんなに偉いの？　所詮は駄肉。老いたら垂れるだけじゃない」

「でも、それまでは柔らかくて気持ちいよ⁇」

「ふんっ。大きさよりも形だから」

「ん～でも、おにぃは嬉《うれ》しそうにしてたけどなぁ」

……急に俺を巻き込むなよ。

ゆいなに挑発された梓は、苦虫を嚙《か》み潰したような表情をして、ぷるぷる震えている。

学校では違うのかもしれないが、俺たちの前では煽り耐性はゼロだからな……。

けど、とりあえず巻き込まれないうちに、部屋に戻って勉強でもしようか。

「じゃあ、あずあず。ここはおにぃに選んでもらおうよっ！」

悪魔のような提案をして、ゆいなは逃げようとする俺の肩をがしっと摑《つか》んだ。

彼女の眼《め》を見ると、楽しむ気満々の悪意のある輝きを放っていた。

うわぁ……マジでタチが悪い。

選ぶなんて提案をされたら、梓は当然引くことはなく、堂々とした様子で「いいわ」と答えた。

「決まりだねっ。FとBどちらがいいかを決めよ～」

「……Bって、私はCぐらいはあると……たぶん」

「ふっふっふ～。勝者には、おにぃとデートできる権利をプレゼント！」

「それは卑怯《ひきょう》よ！」

「勝負は勝負！　過程がどうであれ最終的には勝てばいいんだよっ。そもそも～賭けの内容を聞かなかった、あずあずが悪くないかい⁇」

「～っ」

図星だった梓は、悔しそうに唇を噛んだ。

ゆいなは勝ち誇ったように、ふふんと鼻を鳴らして得意気である。

「さぁ、おにぃ。自分の性癖を暴露して！」

どんな羞恥プレイだよ……。ってか、マズイことになったな。

変に競わずに仲良くしてほしいが、この展開になった後の流れは決まっている。

結論を出すまで、勝負は終わらないし、負けた方が物凄《ものすご》く不機嫌になる。

それはもう……駄々《だだ》をこねる子供みたいに。

……こんなセンシティブな話題は口にするべきではない。

多少、無理はあるかもしれないが二人を引かせるために、ありきたりではない回答を用意しないといけない。

だが……なんて答えればいい？

何と答えれば正解なんだ？

正直、これが俺のフェチとかはない。

恋愛を考えないようにしてきた俺には、好みという好みがなかった。

知識として〝○○フェチ〟で思いつくとしても、背、胸、肌、髪、尻、うなじ……ぐらいしか浮かばない。

その中からどれを答えても、どちらかに肩入れしてしまうことになる。

今日の二人を考えれば、適当な答えを言うと火に油を注ぐ結果になるだろう。

俺としては、収拾がつかなくなる展開だけは避けたい。

回答に困った時は、身近な存在から思い出して……あ。

──ふと浮かんだ、仲のいい友人の存在。

彼女のシルエットを思い出した時、奇跡的に嚙《か》み合った気がした。

「すまん……。俺、胸に興味なくて〝ふくらはぎ派〟なんだ。しかも黒タイツ派の……」

嘘とはいえ、とんだ羞恥を晒《さら》してしまい顔が熱い。

まさに、肉を切らせて骨を断つ。

二人からしたら、俺の回答が予想外だったのだろう。

毒気が抜かれたような顔をして、しまいには「へ？」と間抜けな声を出した。

「まぁそういうことだから。この話はここでお終《しま》いってことで」

俺がそう言うと、二人は神妙な顔をしてそれ以上何も言ってこない。

二人は黒タイツなんて履《は》かないし、すらっとした部分は共通点でもあるのだ。

だからこその逃げの一手だった。

これだったら、勝敗がつきにくいから、有耶無耶《うやむや》にできるに違いない。

……ありがとう。

俺は彼女に心の中で感謝して、着替えを持って自分の部屋へ戻ろうと――

「行かせるわけないでしょ!? 逃げようとしても無駄だからっ」

残念ながら簡単に誤魔化《ごまか》せるわけもなく、梓に捕まってしまった。

腕に抱きつかれ、変な向きに曲げられそうである。

「関節をキメるな……普通に骨が当たって痛いからな？」

「はぁ？　どう考えても、極上のクッションがあると思うんだけど？」

「にゃはは！　あずあずは慎《つつ》ましいから仕方な――」

「ゆ・い・な……？」

「ひゃい！」

睨《にら》まれたゆいなはびくっとして、ソファの背に隠れた。

顔を少しだけ覗《のぞ》かせ様子を窺《うかが》っている姿は、可愛らしい小動物を彷彿《ほうふつ》とさせる。

俺もできれば逃げたいところだが……。

チラリと梓を見ると、その瞳から『絶対に逃がさない』という強い意志が感じられた。

「いい彰吾。特別に説明するけど、私の場合は馬鹿には見えない乳をしてるの。だから気が付かないのであれば、まだ脳みその知能が追い付いていないということね。人が見ている映像は本来の色とは違うかもしれないのよ。光の反射と、人が取り込むことのできる色の関係でね。つまり、普段見えているものも、本来とは異なるかもしれない。ということよ」

「めっちゃ早口だな……」

素直じゃない彼女は意地と見栄《みえ》を張りやすい。

引っ込みがつかなくなると、暴走してしまうことが常々あった。

そういう場合は、梓が納得するまで、付き合えばいいのだが……。

今日の彼女は、自分の着地点を見つけられていないらしい。

俺に向かって、「触って確かめてみてよ」ととんでもないことを口にした。

「一旦、落ち着こうか」

「至って冷静だから。彰吾がそんなに疑うのなら確かめてみなさいよ。別に触ったからといって、何かするつもりもないわ」

「いや、触らねぇよ」

「触りなさいよ。どちらが真実が証明してみせるから。私が勝った場合、しばらくの間は言うことをきいてもらうわよ」

「なんだその条件。てか……気軽にできることじゃないだろ」

「ふーん。へ～度胸がないんだ。意気地なし」

「意気地なしで結構だ」

「私の不戦勝にしようかなー」

挑発するような素振りを見せてくるが、俺はそれを適当に流す。

傍観者を決め込んでいるゆいなは、そんな俺たちの様子を楽しそうに眺めていた。

俺の態度が不満だったのだろう。

梓は俺の腕を摑もうと手を伸ばしてきて、俺はそれを避ける。

その瞬間――むにっと大きくはないけれど、確かな柔らかさが俺の手に伝わってきた。

途端に梓の口からは、「あっ」と甘い声が発せられる。

「…………」

時間が停止したかのような無言の時間。

見ていたゆいなが「あちゃ～」と額に手を当てていた。

俺はゆっくりと梓から手を放し、にこりと笑う。

きっと、最高にぎこちないものだっただろう。

けど、認めないといけない。

「……結構なお手前で」

「――――っ⁉⁉」

悲鳴を上げた次の瞬間、梓の平手打ちが俺の顔面に直撃した。

ああ、忘れてたな……。

普段、気が強い人間は、こういう時は意外と弱いんだった。

第四話

SUBTITLE

梓とマリーゴールド

When I told my female best friend who gives love advice, that I got asked out.

私立フィラー女子学院。

多くの著名人を輩出したという、由緒正しいこの中高一貫校が私の通う学校だ。

本当は彰吾《しょうご》と同じ公立の学校が良かったけど、祖父が理事長を務めている関係もあり、こちらに通うことになっている。

名門の女子校とあって、通っている生徒も一目でお嬢様と分かるぐらい気品があった。

歩く姿。おしゃべりや勉学に励む様子。賑《にぎ》やかな雰囲気もどこか上品に思えてしまう。

きっと学校の雰囲気がそうさせるのかもしれない。

こんな敷居が高そうな学校に通う彼女たちだが、私が前を通った途端、その場の空気が変わった。

一様に感嘆な声をあげて、どうしても視線を集めてしまう。

向けられる期待や尊敬、羨望の眼差《まなざ》し。

それには、辟易《へきえき》してしまうけど……。

「おはよう。今日も良い天気ね」

目が合うと、私はいつも通り挨拶をした。

そして、なるべく堂々と、自信たっぷりに歩くようにする。

「東浜《ひがしはま》さんってホント綺麗《きれい》～」

「モデルみたいだよね！　しかも頭もいいんでしょ？」

「ねっ。生徒会長もやってて話しかけにくいかなぁと思ったけど、気さくで話しやすいんだよ。知ってた？」

「知ってる知ってる！　性格もいいなんて完璧～。きっと悩みなんてないんだろねぇ」

通り過ぎていく最中、聞こえてくるそんな声を尻目に私は生徒会室に向かった。

『悩みぐらいあるわよっ!!』って、心の中で叫びながら……。

生徒会室に入って、私は鍵を閉める。

すると、ソファの背の部分からゆいながひょっこりと顔を出した。

「やっほー」

いつも通りの軽いノリで手を振ってくる。

机を見ると、いくつものお菓子の包み紙が散乱していた。

「ゴミぐらい片付けなさいよ」

「後でやるよー。本当に後でやるからねぇ～」

「何、そのフリは……どうせ、やる気ないんでしょー？　私がやるわよ」

「さんきゅ～。あずあずのおかんっぷりに感謝ですっ」

私はため息をつき、ゴミを片付けてゆく。

じゃが◯こにグミ、それからチョコレート……。

ほんと、バラエティー豊かね……。

「こんなに食べていいの？　夕飯、入らなくなっても知らないから」

「だいじょーぶい！　夕飯は別腹だから関係ないぜっ！」

「なんで得意気なのよ。太るんじゃない？」

「ゆいなは、いくら食べても太んないんだよねぇ。さっきもケーキ食べちゃったんだぁ～」

「……ほんと、理不尽。はぁ」

……私は体重とか気にしてるのに、どうしてよー。

私なんか体型を維持するために、夜は八時以降食べないとか、脂質に気を付けるとか
……運動だってしているのに。

ゆいなは、いつも食べてばかりなのに体は細くて、代わりにある一箇所に栄養が集中し
ているし……。

食べても太らないとか、神様ってほんと意地悪じゃない？

まぁ文句を言ったところで仕方ないのだけど……。

「それで、ゆいな。生徒会室へ休憩しに来ているのなら、仕事の邪魔になるんだけど？」

「ゆいなは一応副会長だから、手伝いに来たよっ」

「珍しいこともあるのね。じゃあ――」

「頑張るあずあずを応援する仕事！　えいえいお～っ!!　頑張れぇ～」

「はぁぁ。そんなことだと思った。じゃあ、いつも通り決まったら各所に連絡お願いね」

「らじゃ～！」

手を額に当ててゆいなはポーズを決めた。

無駄にキメ顔なのが、若干腹が立つけど、適材適所だから仕方ない。

書類の整理やら予算の割り当てなど、細かい資料に目を通すのは基本的に私の仕事。

副会長は、会長の補佐だけどゆいなはやっていない。

ただ、彼女にしかできないこともあって、そういう仕事をお願いしている。

人当たりに関しては、ゆいなが一番の適任だから。

私はため息をつき、書類に目を通してゆく。

その様子をゆいなはじーっと見ていた。

「凝視されると集中できないんだけど？」

「いやいや～。そろそろゆいなに話があるかなーって思ったんだけど??」

「…………」

「ええっ⁉　まっさか、違ったかなぁ〜？」

「……ふんっ」

分かりやすく煽ってくる彼女に、私は嘆息した。

ゆいなに対しての周囲のイメージは元気が良くて、能天気。

底なしの明るさ、そして絶妙な緩さに愛嬌《あいきょう》を持っているというものだ。

一見、ちょっとお馬鹿に見える彼女だけど、実際はかなり違う。

実に計算高いし、よく人を見ている。

だから、見透かされている気がして、なんだかいつも負けた気分だ。

私は嘆息して、

「この前、本当に……何にもなかったわけ？」

と、気になっていたことを質問した。

ゆいなは頬《ほお》をぷくっと膨らませて口を押さえる。

それから我慢できなくなったのか、噴き出した。

「アハハ！　そんなこと気になってたの⁇」

「……気になるでしょ。それでどうなの？」

「ないない〜。おにぃが何かするわけないでしょ〜」

「まぁ、そうよね……」

私はホッとして胸を撫《な》で下ろした。

彰吾に限って、そんなことはないと信じていたけど……。

ゆいなって油断できないからね……よかったぁ。

「そうだあずあず〜。ちょっと聞きたかったんだよねぇ」

「……なんか嫌な予感がするんだけど」

「そんな警戒しないでよぉ。ただ疑問に思っただけだからさぁー」

「分かったわよ……。それで、疑問って？」

「なんでおにぃのことだーい好きなのに、いつも冷たくしちゃうの⁇」

「ぶっ」

口に含んだ紅茶を噴き出してしまった。

図星をつかれたことで顔が熱くなる。

私が気にしてることを言ってきてー……。

ゆいなみたいにできないんだから、仕方ないじゃない。

本当は、甘えたいわよ……。

私は、不満を訴えるようにゆいなを睨《にら》むと、意地の悪い笑みを浮かべた。

「まぁまぁ。そのキャラは需要あるから、心配しないでねぇ」

「どんな需要よ……。それに一応だけど、素直なつもり」

「ふふん〜。いい反応でゆいなは満足だよ。『彰吾好き好き〜っ!!』って言えるといいねえ」

「だ・か・ら！　別に好きなんかじゃないって！　どちらかと言うと愛に近くて……って、言わせないでよ」

「むふふ〜。素直になれない典型的なツンデレ台詞《ぜりふ》いただきました〜っ！　ぶいっ！」

「あーもうっ!!　ほんと、うっさい！」

私は席を立ち、霧吹きを手に持ち窓の近くに置いてある花に吹きかけた。

何度かかけて、ふぅと息を吐く。

……イライラした時は、こうやって心を落ち着かせるのが一番ね。

フラワーセラピーって言えばいいのかな。

そんなことを考えていると、いつの間にかゆいなが横にいて、私のことを上目遣いで見つめていた。

「……何、じっと見て」

「いやいやぁ。あずあずってお花のお世話が好きだなーって思ったからさぁ〜」

「まぁね。綺麗だからいいでしょ？」

「うーん、いいけど。虫がこない？」

「大丈夫。死滅させるから。一匹残らず駆逐するわ」

「顔がこわー……。あ、そういえばその花って何て言うんだっけー⁇」

「マリーゴールドよ」

「それね！　花言葉が〝絶望〟だっけ？」

「なんでピンポイントでそれだけ覚えてるの……。確かにそういう意味もあるけど」

「んにゃ？　その言い方的に違う意味もある感じー⁇」

「まぁね。色によって変わるから、面白いの。ちなみに私はこの色が好きね」

「どんな花言葉なの⁇」

「自分で調べたら？」

「むぅ。けちーっ！」

子供みたいにポカポカとたたいてくる。

勿論《もちろん》、あざとい彼女の行動なんて効くわけもなく無視していると、すぐにいつもの顔に戻った。

ほんと、息をするように演技するわね……。

「本当に花が好きなんだねぇ」

「疑ってたのー？」

「あずあずのことだから、周囲へのアピールで印象操作をしよーとしてるのかなぁって」

「ゆいなと同列にしないで……。とりあえず仕事するから、終わってからまた話をさせて」

「うぃ〜」

ゆいなの態度に私は嘆息して、気を紛らわすために綺麗に咲いた花を見た。

さっきゆいなは『花が好きなんだね』って言ったけど、別にそういうわけではない。

ただ、この花だけが特別ってだけだ。

レモン色のマリーゴールド。

それを眺めていると、また昔のことが蘇《よみがえ》ってくる。

◇◇◇

私が彰吾と初めて会ったのは、まだ幼稚園の時のことだ。

その頃の私は、祖母譲りの明るい髪色に加え、家のこともあり周囲から孤立していた。

孤立と言っても、それは精神的なもので、周りには人……いや大人が集まるけれど、無駄に煽《おだ》てられ、気を遣われていたのを今でも覚えている。

大人は来ても、子供たちはどこかよそよそしく、私と関わろうとしない。

きっと、子供同士のトラブルに発展して揉《も》めることを避けるために遠ざけていたんだろう。

当時の私からしたら、仲間外れにされたようで、悲しかったけど……。

そして、私は習い事が忙しかった。

来る日も来る日もレッスン……。色々なことの積み重ねが、私の心を疲弊させた。

――なんで、みんなと違うの？

――どうして、私はひとりなの？

そんな自分の置かれていた状況が嫌だった私は、一度逃げ出したことがあった。

勇気を出して、みんなが遊んでいるであろう公園に向かって、初めての冒険みたいなものだったのかもしれない。

なんで公園？　って言われても、あの時の感情は、はっきりとは覚えていないから、正確には表現できないけど……。きっと、誰かと遊びたかったんだと思う。

楽しそうに遊ぶ輪に入ることに憧れていたから……。


でも――その日は誰もいなかった。

残念なことに、行く途中で急な雨が降ってきたから、みんな帰ってしまっていた。

初めての冒険。それが失敗して、悔しくて、悲しくて、誰もいない公園にひとりぼっちになったことが辛《つら》くて………私は泣いた。

雨で濡《ぬ》れたのか、自分の涙なのか分からないぐらいの大泣き。

もう、服なんてびっしょりと濡れていた。

何かもが最悪。だけど、そんな時――急に雨が止《や》んだ気がしたの。


『傘忘れたの？』


顔を上げて声がする方に視線を向けると、笑顔が素敵な男の子が私を傘に入れてくれていた。

ひとりぼっちで寂しくなっていた時に現れた男の子。

そんな存在に安堵《あんど》して、さらに大粒の涙が溢《あふ》れてくる。

私は嗚咽《おえつ》を漏らし、声が枯れて疲れきるまで泣き続けた。

泣き止むまで、ずっと彼は横にいてくれて優しく頭を撫でてくれた。

『よしよし』とあやすように言葉をかけてきて、私が少し落ち着いてきたら彼は手を差し伸べてきた。

『僕は、しょーご。よこむらしょーごって言うんだ。名前は～？』

『……ひがしはま……あずゅさ』

『あずゅさ？』

『違う！　あ・ず・さ!!』

『ごめんねぇ。聞き間違えちゃったぁ。けど、ちゃんと覚えたよ！　もう間違えないからねっ』

噛《か》んでしまったことが恥ずかしくて、思わず語尾を強めてしまった。

この時の私も、今と同じで素直じゃなかったと思うと、少し笑えてくる。

本当は嬉《うれ》しいし、初めて話せたこの子と遊びたい！

なんて、思ってるのに勿論誘えない。

だから、二人で並んで暗い空を眺めていた。

でもすぐに彼が『ねぇねぇ。よかったら遊ばない？』と誘ってくれて、私はちゃんと返事をした。

『……仕方ないから遊んであげる』と、これまた捻《ひね》くれた態度で。

まぁそんな態度、彼は笑って流してくれて寧《むし》ろ嬉しそうにしていた。

『あずさちゃんの髪って』

『や……じろじろ見ないで』

『ごめんねぇ。気になっちゃって……』

髪に視線がいってるのに気が付き、私が不機嫌そうに『みんなと違うからキライ』と伝えると彼は不思議そうに首を傾《かし》げる。

それから、微笑《ほほえ》んできたと思ったら『すっごくキレイだよっ！』と言ってきた。

『うん！　キレイでカッコイイなぁ〜。ほらほら、あのお花みたい！』

と、花壇に咲いていたレモン色の花を指差した。

『……マリーゴールド？』

『へぇ〜。あのお花ってそんな名前なんだぁ』

『うん……前にママが言ってた。……髪。変じゃない……？』

『ぜんぜん！』

『……そんなこと言われたことない。みんなと違うから……』

『僕は好きだよ、あずさちゃんの髪。あそこにあるお花みたいで雨の中でもキレイだもんね』

無邪気に笑う彼に、一切の嫌味《いやみ》はなかった。

他人と違うということに関して子供の頃は、どうしても敬遠しがちだ。

それを個性と認めることなく、『おかしい』の一言で済ませてしまう。

だからこそ、初めて向けられた純粋な褒め言葉に、私は初めて自分のことが好きになれそうな気がした。

〝違ってもいい〟

〝好き〟

その言葉に、当時の私は救われた。

それが私の彼に対する気持ちのキッカケだと思う。

雨が降る中、私たちは二人で傘に入って雨宿りを続けた。

しりとりなんかしたり、石を水溜《みずた》まりに投げたりして時間を過ごす。

一向に止む気配のない雨の中、いつまでも彼は付き合ってくれた。

『雨すごいけど……しょーごは帰らないの？』

『帰らないよ～。いつも疲れたら帰るんだぁ。家に誰もいないからねぇ。あずさちゃんは？』

『たぶん、そろそろ来ると思う……』

『そっかぁ～。残念だなぁ』

『ねー、また……遊べる？』

『うんっ！　僕は暇だから、いつでも遊べるよ！』

『じゃあ約束……』

指切りをしてまた会う約束。

この後、すぐに家の人が探しにきて、私はこっぴどく叱られてしまった。

でも、その日から――私は少しずつ変わっていった。

習い事や勉強、家のことも頑張れるようになって、自分の置かれた環境も受け入れて、周りのことなんて気にならない。

そんな風になっていた。

心の中に常にあるのは、〝これを頑張ったらまた遊びに行こう！〟って思いだけ。

空いた時間はいつも公園に行っていたと思う。

あの時の私は、〝最初に自分を見てくれた。そんな人が、ただ一人いるだけで、何でもできる〟ってぐらい活力に溢れていた。


子供だから連絡手段を持ってなかったけど、公園を見に行ったらいつも彼はいて、私を見つけるなり、笑顔で迎えてくれた。

私の家のことを知られてしまったけど、『いつもおっきな車に乗ってるよねぇ。カッコイイなぁ』ぐらいの反応で、態度が変わることもなかった。

一緒に走ったり、おままごとをしたり、たくさんお話をしたり、一緒に過ごした時間が私の癒やしで、かけがえのないものだった。

それは、私の大切な思い出。

でも——別れは突然、来てしまった。

小学生に上がる頃。私は、親の仕事の関係で引っ越すことになり、彼とは離れ離れになってしまった。

『また遊ぼうね！』なんて、約束をしたけれど……。

引っ越したら中々会いに行けなくて、ようやくできた時間で一度お願いをして公園に行ったことがあった。

けど、奇跡的に会えるわけもなく……。

風の噂《うわさ》で彰吾が引っ越したと聞いたのは、それから更に一年ほど経《た》った後だった。

時間は経っても私は彼を忘れなかった。

〝いつか会えますように〟なんて、毎年のように神社でお願いをしていたりもする。

そして、その願いが叶《かな》ったのは、小学六年生の時だった。

『城戸《きど》彰吾です。よろしくお願いします』

彼が転校生としてやってきた時の胸の高鳴りは、今でも鮮明に覚えている。

妙な丁寧さに加え、名前と雰囲気が変わっていたけど、私はすぐに彼だと気が付いた。

しかも、勇気を出して話しかけたら、私のことを覚えていて……。

それは死ぬほど嬉しかった。

けれど——悲しいこともあった。

隣には可愛《かわい》い妹が常にいて、彰吾の性格には以前の面影がなくなっていたのだ。

笑顔もどこかぎこちないし、いつも難しい顔をしている。

眉間にしわを寄せて、少し怖く見えてしまうほどだ。

何かが欠けてしまった……彼を見てそんな風に見えてしまった。


でもね……そうなった理由は分かるの。

いや、察したと言った方がいいのかもしれない。

名字の変化に、公園にいつも遅くまでいた彼の姿。

それらを組み合わせた時に、〝彼の今までの家庭環境が彼を変えた〟と、結論づけるのは容易なことだった。

そう思ったその日から『彰吾を癒やしてあげるのが私の使命』と思うようになってゆく。

私が支えたい。笑顔にしたい。家族という愛を教えたい。

あの時、私が救われたから今度は私の番。

だから、何もやらせたくない。尽くして、今度は私が愛を与えたいから。

親の離婚のせいでぽっかりと空いたあなたの心の穴を、埋めてみせると誓って。

◇◇◇

「ねー、あずあず〜。そろそろ起きたらぁ？」

心配そうに覗《のぞ》き込むゆいなにハッとして、すぐに「ちょっと考えごとをしてただけ」と口にした。

随分と懐かしいことを思い出していたのだろう。

なんとなく、ぼーっとしてしまっている。

頭を働かせようと頰《ほお》を叩《たた》き周りを見渡すと、机の上にはお菓子の包み紙がさっきよりも散らかっていた。

「食べすぎ」

「アハハ！　流石《さすが》に食べすぎちゃったよ〜。よく寝れた⁇」

「そこそこね」

「えへへ～。よかったぁ」

時計をチラリと見ると、一時間ほど経っていた。

どうりで頭がスッキリしているわけだ。

私は、もう冷めてしまった紅茶を喉に流し込み、ニコニコと私を見ているゆいなに視線を向けた。

「それで、確認だけど。ゆいなは何も知らないわけね？」

「知らないよー。ゆいなもちょーびっくりしてる」

「余計なことは言ってないと」

「たぶんねぇ～」

「適当ねー……。嬉しい変化ではあるけど、どうして急におかしくなったのか……ほんと謎」

「確かにおにぃはいつもおかしいけど。よく狂ったみたいに勉強してるし。ちょっと前なんか、『ロジスティック写像の神秘に気が付いた』とか言いながら、笑ってたよぉ……」

「「うーん」」

二人して腕を組み、悩む素振りをみせる。

いつも誤魔化《ごまか》しが多いゆいなだけど、今回ばかりは本当に何も知らなそう。

彰吾が私たちと離れてる間に何かあったと思うと、可能性は限られてはくるけど……。

「ねぇ。あずあずは何か知らないの ー？」

「知らないわよ。急な心変わりの理由なんて。ただ……」

「ただ？」

「バイト先から出てきた時間が、いつもより遅かったかな」

私の言葉を聞いて、ゆいなは人差し指を顎に当てる。

可愛らしく「うーん……」と唸《うな》って、それから手を叩いた。

「あーもしかして、バイト先の先輩と何かあったとか？」

「先輩？」

「ほらほら、アルバイトって自分より年上が多いじゃん⁇　だから、そこで大人の魅力に骨抜きにされたとか、あるいは本当にヤラれてたりしてー」

「や、ヤラれ⁉　か、仮にそうだとして……そんな急に変わるもの……？」

「いやいや〜。男っていうのは、一皮剝《ひとかわむ》ければ大人さぁ。そう、文字通りね？」

まさか……そんなことが？

けど、先輩と何かあるなら今までのことが腑《ふ》に落ちることもある。

バイト先に行くことを絶対に許してくれなかったのも、その関係を知られたくなかったとか……？

思ったことが顔に出る私の気持ちを読み取ったゆいなは、にやりと笑った。

きっと私と同じことを考えたのだろう。


「『黒タイツの女！』」


珍しく私とゆいなの声がハモった。

「これは、バイト先に行かないといけないじゃない」

「うんうん！」

「バイトの制服でスカートがあるなら、黒タイツは納得だし……。それにもしかしたら、誑《たぶら》かされている可能性だって……確かめないとね」

「そうだね！　絶対にいこ〜。張り切っちゃおうぜ〜っ！　成敗したるで〜」

「……なんか楽しんでない？」

「いやいや〜。そんなことあるわけないじゃ〜ん」

ゆいなのウキウキな様子に、私は大きく息を吐く。

頼りになるか分からないけど……彰吾を大事に思う気持ちは同じ筈《はず》だから、その点だけは信用できる。

なんで彰吾が急に変わったのか？

恋愛を全て拒否していた態度を改めたのか……知らないといけない。

もし、何か騙《だま》されている結果によるものだったら守らないと。

「ねーあずあず。仮にだけど、おにぃがメロメロだったら？」

「その時は、目を醒《さ》まさせるようにするしかないじゃない」

「ふーん。それは、どんなことするのー？」

「例えば……そうね。私の良さを伝えるために行動をするわ……。ち、ちゅーとかして……」

「何もできないに一票ですぅ」

「あーもうっ。うっさいな！」

私とゆいなは、いつ見に行くか相談を始めたのだった。

第五話

SUBTITLE

悪化したんですが……

When I told my female best friend who gives love advice, that I got asked out.

――好意に向き合うと決めてから一週間ほど経った。

まだ、分からないことは多いけど、確かな変化はあったと思う。

勉強一辺倒の生活ではなく、二人の気持ちに向き合い時間を共有する。

たったそれだけのことだけど、梓《あずさ》とゆいなのやりとりは以前の仲の良さを取り戻した……筈《はず》なんだが、何かがおかしい。

二人にあった妙な雰囲気や緊張感はなくなったとは思う。家にいても普通に喋《しゃべ》っているし、あのゲームの時みたいなことはない。それは、間違いないんだが……遠慮するという部分が消失した。

『……おにぃ。怖くて寝れないよー』

『怖くてって、ホラーとか好きじゃなかったか？』

『怖かったんだもん……ダメ？』

と、寝ようとすれば、断り辛《づら》い感じで添い寝しようとしてくる。

梓の場合は、朝起こしに来る時に、

『も、もう朝だから……起きてよね』

『なんで……手を握っているんだ？』

『さ、寒かったみたいな………悪い？』

妙にしおらしく言ってくるから、普段が強気なだけに調子が狂ってしまう。

ただ、その後は何故《なぜ》か高確率で不機嫌になって、目を合わせてくれなくなるわけだが……。


それを見てゆいなは大爆笑して…………と、後は想像に難くないだろう。

いや、どうしてこうなった？


険悪な関係よりはいいが、俺の精神が崩壊しそうなのはどうにかしたい。

俺だって普通の男子高校生……枯れていると言われても、欲というのがゼロではない。

少ないとは思うが、こうも何度も刺激されると流石にクラクラする思いである。

俺はため息をつき、目の前で走るクラスメイトに視線を戻した。

「みんな元気だな」

球技祭の時期が近くなり、体育の時間はその練習となっていた。

男子はサッカーで、女子はソフトボールをしている。

クラス対抗ということもあって、みんな練習に熱が入っているようだ。

俺もさっきまでその中に交じっていたが、今は木陰に入り休憩中である。

そこでひんやりとした空気を堪能していると、真優《まひろ》が近づいてきて心配そうに声をかけてきた。

「きっくん。なんか疲れてないかな？」

「……そう思うか？」

「うん……良かったら、肩叩《かたたた》きでもしよっか？」

「ああ、助かるわ……」

「じゃあ痛かったり、凝ってたりする場所があったら教えてね。家では上手って評判なんだよ～」

真優はにこりと笑うと、首の辺りからマッサージを始めてくれた。

「肩を叩く前に、首の血行を良くしていくね」

「了解した」

「凄《すご》く固くなってるね……。ちゃんと体をケアしないとダメだよ？　体は資本。無理したらダメなんだから」

「気をつけるよ。肝に銘じとく」

白中
城戸

「本当に分かってるのかなぁ？　さっきだって張り切りすぎだったよー」

「やるからには全力でやるのが、スポーツマンシップだよ。それに良いゴールだったろ？」

「確かに……かっこよかったけど、つい見ちゃったし……」

「うん？　何か言ったか？」

「な、何でもないよ！　風の音じゃないかなぁ!?」

「いっ……」

「あっごめんね。強かった？」

「いや、びっくりしただけだから問題ない。寧《むし》ろちょうど気持ちがいいぐらいだ」

「そう？　ここがいいとかあったら遠慮なく言ってね」

真優はそう言って、肩をほぐしてくれる。

力が弱いわけでもなく、俺からしたら絶妙な気持ちよさだ。

彼女の柔らかい手は温かく、重くなっていた部分が徐々にほぐれていくのを感じる。少しでも気を抜けば、気持ちよさに飲まれてしまい意識を手放してしまいそうだ。

できればこの心地よさに全てを委ねてしまいたい。

数分の間、そんな気持ちよさを堪能していると、真優がおもむろに切り出してきた。

「あれから二人に変化はあった？」

「おかげさまで、気まずい感じはなくなったよ」

「そうなんだぁ。それなら良かったねっ！」

「ああ、ありがとう……」

俺がお礼を言うと、肩を揉《も》む真優の手が止まる。

そして、何故か髪をわしゃわしゃとしてきた。

「お、おい。急にどうした」

「きっくん、本当は何かあったんじゃないの？」

「それは……」

「水臭いなぁ。きっくんはそうやってすぐひとりで抱え込むんだから。困ったら言わないとダメだよ？　ここは相談役を自負する私に任せなさーい」

屈託のない笑みを見せてきて、俺の正面へ座り直した。

何でも受け入れてくれそうな柔らかい雰囲気を持つ彼女を前にすると、つい強張《こわば》った顔が緩んでしまう。

「なぁ真優。何故か二人が余計にヒートアップした気がするんだが……」

俺は彼女へ端的に最近の二人のことを伝えた。

恥ずかしい話もしているが、真優は神妙な顔つきでしっかりと聞いているようだった。

「そんな状況になってるなんて……どうしよう」

「困ったよな」

「きっくんの考えを聞けば自重して落ち着くと思ったけど……そんなことなかったんだねー」

真優は曖昧な笑みを浮かべた。

「ううん、なんでもないよ!!」

「私も？」

「うん。私も」

「まぁな」

「二人が変わったのって前に相談を受けた日からだよね？」

「ああ。真優に言われたことが目から鱗《うろこ》でさ。心を入れ替えて向き合えたんだよ」

「私の話が少しでも役に立ったなら良かったよ。けど、それがどうしてそんな結果になったのかなぁ……？」

彼女は口に手を当ててうーんと考え込む。

けど、中々思いつかないのか、首を傾《かし》げてしまった。

「想像だけだと理由が分からないなぁ。何か考えられることってあるー？」

「そうだな……。特に変わったことはしてない筈だ。真摯に真剣にと考えて行動した以外は何も」

「そっかぁ。少しずつ変わるなら納得なんだけど、急なことだから何かあったのかなぁーって」

「元から押しが強い性格だからな。あるとしたら、伝えた言葉のチョイスを間違ったかもしれない」

「うん？　言葉のチョイスって？」

「ああ。頭ごなしに否定は良くないって話があっただろ？　俺もそう思って、理解していこうと思うって伝えたんだよ」

聞いた上で考えて、理解に努めるというものだが、まだまだ経験値が足りてはいない。

今の今まで避けてきたから、当然と言えば当然だが……。

俺がそんなことを考えていると、真優が大きな瞳をぱちくりとさせていた。

「あれ？　ちょっと待って。もしかして、向き合うことを口に出して伝えたの……？」

「ああ。言葉にしないと伝わらないこともあるだろ？」

「………」

「だから、誠実に向き合うべきだと思って、好意に向き合うことを伝えたよ。今まで、勉強ばかりだったから、二人と話す時間を作ることも、しっかり考えた」

「え、えーっと。まさかと思うけど……話した日から変えたとかないよね？」

「勿論《もちろん》、変えたよ。改善できることなら早めの方がいいだろ？　まぁ流石《さすが》に俺も急な行動だから、二人を困惑させてしまったようだが」

俺の言葉に真優は頭を抱えて、あちゃーという表情をした。

「きっくん……。確かに向き合う話はしたけど、それは行動で示すことだよ」

「行動はしたぞ？　バッチリ伝えた」

「行動ってそういうことじゃないよ～！　普段の振る舞いや言動のこと！　ダイレクトに伝えたりしたら、チャンスがあると思っちゃうじゃん！」

「そうは言うが、言葉にしないと伝わらないこともあるだろ？　言わないで誤解は生みたくない」

「言ったことでアピールが加速してるんだけど……。考えてみてよ、言葉で『あなたと向き合います！』って伝えたら、余計に気持ちが燃え上がっちゃわない？」

「それで変わったのか？　いや、流石に……」

「ほら、だって。『脈なしかも。興味を示してくれない』って状態から、〝行動したことで変化が起きた〟という、実例が生まれたことになるから……ね」

「あ……」

俺はここに来て、ようやく自分が墓穴を掘ったことを理解した。

表面上、仲良くなったように見えていても、争いが加速していたようだ。

確かに梓も家に入り浸ってるし、ゆいなも遠慮なく遊びに誘ってくるようになった。

「俺はアホか……。考える時間を自分で縮めるなんて……」

「あ、でも向き合うという意味では成功だからね！　落ち込む必要はないよっ‼」

「そうなのか……？」

「うん！　結果的に見れば手遅れではないよ！　ただ、茨《いばら》の道を進んだ末に腰まで沼につかっているだけだからっ！」

「それ普通にやばいってことだろ。解決策が全く思いつかないんだが……」

「大丈夫だよ。こういう時にこそ、魔法の言葉があるから」

「魔法の言葉？」

「……えっとね。『なんとかなる！　きっと明日の自分がどうにかする』ってプラスに考えるのがオススメかな」

「おい、ただの先送りじゃないか」

「でも、そう考えれば少しは楽な気がしてこない？」

「言われてみればそんな気もするかな？」

「うんうん！　プラス思考は大事だよ？　なんといったって〝失敗は成功のもと〟なんだから」

「プラス思考か……そうだな。やるしかなかったよな。まずは気持ちだけでも上向きにしないと」

「そうそう。その意気だよっ！　もし立ち止まりそうなら、私が背中を押してあげるから安心してね」

「ありがとう。また気持ちを入れ替えて、向き合い方を考えてみるよ」

「うんうん、千里の道も一歩からだね。じゃあ、とにかく他にできることをしていこう～」

真優は胸の前でグーを作り、頑張ろうと言いたげなポーズを作る。

優しい彼女の笑顔を見ていると、頑張れそうな気がしてくるのが不思議だ。

いつも穏やかになれるんだよな、真優と話していると……。

そんなことを考えていると、目の合った彼女が微笑《ほほえ》んできた。

「どうかしたの？　私の顔に何か付いてたかな⁇」

「いや、なんでもない」

「そう？　あ、もし何か付いてたら言ってね！　私、ぼーっとしちゃうことがあるから……前なんてね、登校している時に頭に葉っぱを付けながら歩いてたことがあったんだよ？　今度、同じことをしたら恥ずかしくて死んじゃうよー……」

「あはは。分かった、その時は言うよ」

「絶対、絶対にだよっ！」

「お、おう」

いつになく勢いがあって、俺は思わずたじろいだ。

普段はしっかりとしている彼女だけど、たまに抜けているところがあるのが、ちょっと可愛《かわい》らしい。

「なんか笑ってない？」

「いや、たまにやるドジが可愛らしいなって」

「あ、……きっくんはよく恥ずかしげもなく言うよね」

「事実は事実だろ？　別に隠すことでもない」

「隠してよ～。しっかり者で通ってるんだからぁ……」

「あ、なるほどこういうのがギャップ萌《も》えというのか。惹《ひ》かれる人が多いって聞くが……

確かに納得だな。妹と違ってあざとさがないのもポイント高いし、それに――」

「ストーップ!!　これ以上はなしにしてぇ～」

「んぐっ……!?」

顔を赤くした真優が俺の口を手で塞ぐ。

褒められるのに慣れていないのか、耳まで真っ赤である。

頰《ほお》を膨らませ上目遣いで見てくる彼女は、また違った可愛らしさがあるが……。

涙目になっているので、俺はこれ以上言わないことにした。

彼女は手で顔を扇《あお》ぐと、

「じゃあこれからのことを考えていこっか」

こほんと咳払《せきばら》いをしてから提案してきた。

「これからか……。やることだらけで、何から考えるか難しいな。恋を知るとか、身の回りのことを完璧にできる人になるとか……」

「まぁまぁ。ここは、一番大変なことをどうにかしていこうよ」

「一番かー」

「後回しにできないことを思い浮かべてほしいかな。何かあるー？」

「そうだな……。若干、言い難《にく》いんだが……理性と本能のせめぎ合いかな」

「あーなるほど……。前に押しが強いって言ってたもんね……アハハ」

「そうなんだ。俺も一応は血気盛んな男子だ。親と同じで血迷った行動に出ないとは限らない。そう思うと、生きた心地がしなくてな……」

「意外だなぁ。きっくんにも色仕掛けって有効なんだね」

「有効ではない奴《やつ》の方が少ないだろ……。少なからず男であれば理性に多大なダメージを負うわ」

我慢強い方だと自負しているが、こうも直接的に来られるとドキリとしてしまうのは仕方ない。

心臓の音を聞かれれば、かなり動悸《どうき》が激しくなっていることだろう。

「そしたら、〝隙〟というのを減らすのが一番じゃないかな？」

「隙？　背後を取られるな、的な感じか？」

「違うよっ！　そんな殺し屋的なのじゃなくて、単純に介入の余地をなくそうって話！」

「そっちか。盲点だったな」

「寧《むし》ろなんでそっちの発想になるの〜」

真優は呆《あき》れ気味《ぎみ》にため息をついた。

彼女は知らないかもしれないが、梓とか急に後ろに現れるからな。

そういう意味で、『尾行されてはいけない！』的な感じだと思ってたが……まぁ違ったみたいだ。

「今のきっくんには付け入る隙が多いから、それを減らすために自立を目指すのはどうかな？」

「自立は常に目指してることだが……。残念ながらまだ稼ぎがない」

「お金を稼ぐことだけが自立じゃないって！　ほら、きっくんって勉強とかはいいけど、家のことは全然だよね？　だから、家事とかできることを増やすのはどうかなぁーって」

「なるほど……」

確かに、できることを増やすのは賛成だ。

だが、俺ができることが増えたところで……。

「本当に変わるのか？」

というのが疑問だ。

首を傾げ、悩んでいると真優は自信満々に「うん！」と頷《うなず》いた。

「少なくとも時間は作れると思うの」

「時間作れるのか……？」

「今までの話から、東浜《ひがしはま》さんは尽くしたいタイプでゆいなちゃんは甘えたいタイプなんでしょ？」

「端的に言うとまぁ」

「だから、尽くすものがなくなれば他のことを探す時間が生まれるし、頑張る姿を見せたら邪魔してはいけないって、引くと思うんだよねっ」

「なるほど？」

「更に言えば、全てのことができる完璧男子を目指すことで、二人にも『私も頑張らないと！』という向上心に目覚めさせるという二段構え。名付けて『つり合うようにならなきゃと思わせて、考える時間を作ろう』作戦だよっ!!」

「作戦名がそのまんまだな」

「それに、これならきっくんも自分を磨くことができるよ。ダメ人間になりたくないという目標も達成できるんじゃない？」

「それは………アリだな」

将来、自分から支える人になるためにもできることは多い方がいい。

そして、時間ができれば二人も落ち着いたり、考えが変わったりすることもあるかもしれない。なにより、俺自身が二人のことを理解して、これからのことを考える時間ができる。

そうと決まれば、やるしかない。

「ありがとう真優。やってみることにしよう」

「うんうん！　頑張っていこ～！　さっそくだけど、どこかで時間は作れないかな？」

「バイト前なら時間は作れると思うが……」

俺は頭の中でスケジュールを整理する。

多くの時間は取れないが、少しならいけそうだ。

「時間がそんなにないなら、料理を教えようか？　まずは一品からって感じで」

「いいのか？」

「うん！」

学校なら練習もできるし、梓にやらなくていいと止められる心配もない。

「真優って、料理もできるのか？」

「えへへ。これでも練習したんだぁ。ものすごく上手ってわけじゃないけどね？」

「それは今度、是非食べてみたいな」

「そお？　じゃあ今度作ってくるよ。あ、でも少しだけね？　東浜さんのお弁当もあるんだし」

「大食漢だから問題ない」

「あはは！　何それ～」

腹一杯になるかもしれないが、真優の料理に興味がある。

まぁただ、夕飯のことを考えて、腹を空《す》かせるようにしないとな。

いつもより食べる量が少なかったら、梓に勘繰られてトラブルになってしまう。

前に、バイト先でお菓子を食べただけで気づかれたんだよなぁ……。

その後、かなり機嫌が悪くなる。

「じゃあ、真優。面倒をかけるが教えてもらってもいいか？」

「もちろんだよ！　そうしたら、家庭科室を借りられるか先生に聞いてみるねっ！」

真優はそう言ったタイミングで「真優～！　せんせーが呼んでる～」と、クラスメイトが手を振って呼んできた。

「あ、やばい」

と彼女はすぐに立ち上がり、「今から行くね～っ」と返事をした。

「ごめんね、きっくん！　戻らないと……」

「いつもありがとな。じゃあ、放課後によろしく」

「うんっ！」

そう返事をした彼女の声は、何故《なぜ》か楽しそうに弾んでいたようだった。

SUBTITLE
どうしてそこまでしてくれるんだ?

When I told my female best friend who gives love advice,
that I got asked out.

「そういえば、部活があったな……」

「忘れてたねぇ」

放課後。俺は真優《まひろ》から料理を教えてもらおうとしていたが、家庭科室は部活で使われていて借りることができなかった。

それで仕方なく、俺たちは廊下で話をしている。

「まぁそもそも家庭科室を借りても材料がないいんだから、今日はできなかったんだけどね。だから、座学のつもりだったんだぁ」

「そうだったのか。てっきりすぐに実践かと思っていたよ」

「何も知らないで、料理をするのは危険だからね。きっくんはやらかしそうだし」

「おいおい。俺を甘く見てもらっては困るな」

「そうなの？」

俺が言ったことに疑問があるのだろう。

真優は可愛らしく小首を傾《かし》げた。

「ちゃんと知識はある。勉強の一環で料理本も読み込んでいるし、例えばハチミツが肉を柔らかくするとかいう豆知識も頭に入っているぞ」

「そういうのも勉強してたの⁉」

「ああ。知識は力だからな。いつでも自立できるように詰め込んでるよ」

「凄《すご》い！　あれ？　もしかしてだけど……よく夜更かししてるのってそういう勉強もしているせいだったりする……？」

「まぁな。知って損はないだろ？　最近は手芸や盆栽についての本も読み込んでいる」

俺がそう言うと真優は、「……きっくんって真面目だけど、ちょっと残念なところあるよね」と言って苦笑した。

まるで残念な人を見るような目で見てきて、ため息をつく。

まぁ真優からしたら、学んでもできなければ意味がないと言いたいのだろう。

「察しの通りだと思うけど、俺には知識はあるが、手を動かしたことがないんだよ。だから、動き自体は素人だ」

「でも知識があるなら、練習すればすぐにできるようになりそうだね？」

「おう。任せてくれ。ただ、問題はどこで練習するかだよな……」

二人してうーんと悩む。

料理の練習となると、場所が限られてしまう。

学校だったら家庭科室ぐらいしかないし、外となるとバイト先ぐらいしか思いつかない。

だが、

「流石《さすが》にバイト先で借りるわけにはいかないよな……」

「きっくんはアルバイトしてるから許されるかもしれないけど、私は部外者だしねぇ」

「やっぱり今から料理研究部に頼むしかないか……？　それか部活がない日を狙って」

「無理だと思うよ」

「そうなのか？　休みとか結構ありそうなイメージがあるんだが」

「それがねー。さっき先生に聞いたけど、毎日活動するぐらい熱心みたい。コンテストにも出るぐらい、かなり力が入ってるみたいだよ」

「……流石に邪魔はできないな」

「それに、なるべく早く身につけたいんでしょ？」

「そうなんだよな……」

余裕もないし、急ぐとなると……。

背に腹は代えられないか。

「ひとつ妙案があるんだが、いいか？」

「うんと、期待はしないでおくね」

「いや、聞く前から決めつけるなよ！」

「ほら、きっくんの前振りがそうなってる時はフラグかなーって」

真優はジト目を向けてくる。

これは、全く信用されてないな……。

とりあえず提案しないことには変わらないか……。

「二人に練習が見られるかもしれないが、俺の家でやるのはどうだ？」

「そ、それはやめとくよ！」

俺の提案を真優は食い気味に拒否してきた。

「確かに男の家は嫌だよな……。軽率だった、忘れてくれ」

「違うよ！　家には寧ろ行ってみたくて……」

「じゃあ来るか？」

「あ、いや……でも……血を見るようなことになりそうだから……アハハ」

真優はしばし葛藤した後、首を横に振った。

家でできれば、材料とか気にする必要もないし、気兼ねなくと思ったが……。

そうなると、マジで選択肢がないな。

俺が悩んでいると、小さい声で「ねぇ、きっくん」と真優が声をかけてきた。

恐る恐るといった、遠慮気味な言い方だ。

「うん？　どうかした？」

「よ、良かったらなんだけど……ウチに来る？」

「え……？」

真優からの予想外の提案に、時が止まったように固まってしまった。

◇◇◇

「お邪魔します！」

俺は玄関で挨拶をしてから、真優の家にあがった。

ただ、残念ながら家の人は誰もいないらしく俺の声が寂しく反響している。

「よかったぁ……誰もいない」

「いた方が安心しないか？」

「だって……絶対からかわれる」

真優はボソッと呟《つぶや》いて、先に家の奥へと消えた。

その後を追うように、俺は彼女の後ろをついてゆく。

……初めて友達の家に招待された。

感動以上に……やばい、緊張するな。

それに、どうしてこんなに良い匂いがするんだよ……？

自分の家では感じたことのない鼻腔《びこう》をくすぐるこの匂いに、俺はどことなくドキドキしていた。

初めて女の子の家にお邪魔したせいなのか、自分が自分じゃないぐらい落ち着かない。

それでも何とか落ち着こうと、深呼吸をした。

すると再び匂いが……って、なんで無限ループに陥ってるんだ！

意識するなよ、俺。

「だ、誰もいないことだし。自分の家みたいにくつろいでいいからねっ！」

「そ、そうか。じゃあ、ソファーにでも寝転がるかなー！」

「うんうん！　伸び伸びとしてて！　私は準備するから、待っててねぇ！」

「おう！」

互いにらしくない態度で、声も上擦っている。

誰もいない二人っきりの状況に、真優も緊張しないわけがないのだろう。

……ここは男の俺がしっかりしないと。

真優は純粋な気持ちで応えようとしてくれているんだから、それを無下にするわけにはいかない。

——バチッ！

大きな音が家中に響き、頬《ほお》からじわりと痛みが広がってゆく。

お陰で俺の精神は落ち着きを取り戻したようだ。

「気合いを入れたんだ。初めてのことで、舞い上がる気持ちを抑えるためにな」

「な、何の音⁉」

「ええっ⁉」

「冷静さを取り戻さないと、痛みを伴うことがあるからな。だが、失敗しないように気をつけるつもりだ。安心してくれ」

「ちょっと待ってよ！　わ、私も心の準備が、それに順序というのも……って何言ってるの！」

真優は動揺して、あたふたとしている。

赤くなった顔を冷まそうとしているのか頭を左右に振っていた。

俺はそんな彼女を落ち着かせようと、肩に手を置く。

そして、真剣な目で彼女に告げることにした。

「包丁を扱うんだから、落ち着かないとな。怪我《けが》とかしたら危ない」

「あ、うん。そうですよねー……」

「ん？　何かガッカリしてないか？」

「なんでもないよっ！　いつも通りのきっくんで安心しましたぁ～っ‼」

真優はそう言うと、何故か頬を膨らませて不満そうにしていた。

ただ、落ち着きも取り戻したようでいつも通りテキパキと準備をしてゆく。

「じゃあ、早速だけどやってみようか？　やったことがないって話だったけど、知識があるなら手始めにやってみる？」

「ああ、任せてくれ」

調理台の前に立ち、俺は深呼吸をした。

料理の経験なんて、家庭科の授業ぐらでいしかない。

だから、包丁を持って作業をするというのは妙な緊張感がある。

……せっかく与えられた機会。

これを機に、たくさん吸収していかないといけない。

自分や家族のために……美味《おい》しい料理を作るために頑張ろう。

包丁を握る自分が正しい心を持った人間なら、応えてくれる筈《はず》だ。

よし……。

「きっくん。戦場に行くわけではないんだから、そんな鬼気迫る表情をしないで？」

気合いを入れて臨もうとしていたところ、真優は背中をポンと叩《たた》いてきて、にこりと笑った。

「すまん……。慣れてないものを握ると緊張が……」

「気持ちは分かるよ。ただ、そんなに肩に力が入っていたら、成功するものも成功しないよ？」

「ああ。脱力だな、脱力……」

「そうそう。ゆーっくり落ち着いてやろうね」

「……了解した」

野菜をなるべく細く、大きさは均等に……。焼きムラや固さが変わらないようにするには重要だ。

食材を無駄にはできない。

育ててくれた人に感謝をして使わなければ……。

中々進まずにいる俺を見かねた真優は、「あまり切らない料理にしよっか？」と言ってきた。

「……すまん」

「謝る必要はないよ。えっと、きっくんって家では全くやったことないんだよね？」

「止められるようになるまでは一度だけ……。ただ、生焼けとか黒コゲになって上手《うま》くはいかなかったな」

「ありゃ……。慣れてないと焼き加減とか分からないよね。それはしょうがないよー」

「『焼くだけだろ』と、簡単に考えてた自分が恥ずかしい」

俺は苦笑し、真優が書いてくれた調理手順のメモを見た。

豚汁《とんじる》、卵焼き、茄子《なす》の揚げ浸し……など、和食が中心のラインナップ。

どれから手をつけるか非常に悩むところだが……。

「できるようになりたい料理はある？」

「全部と言いたいところだが……」

「まぁ時間がないもんね。だったら今日は卵焼きにしよっか？」

「その選択肢が無難か。あ、材料はあるのか？」

「ふふっ。ちゃんと準備できてるから大丈夫」

真優は、そう言って冷蔵庫から卵を持ってきた。

エプロンを着けている彼女を見ていると、どこか温かい気持ちになってくる。

「じゃあやろっか。きっくんはできるってところ見せていこ～！」

「おう。ただ、俺はそんなできる人間ではないからな？」

「そうかな⁇　学校の人たちからは『しっかり者で、城戸《きど》って凄《すご》い！』って言われてるよ」

「そう思われるように努力はしているが……俺の耳には直接入ってこないから、実感はないんだよ」

「なるほどねぇ。でも、クラスの女の子たちも話してたよ。きっくんはスポーツも勉強もできて、カッコいい完璧人間だってね」

「そっか。じゃあ期待に応えられるように、もっと頑張らないとな」

「ふふ。そうだね。じゃんじゃんやってこうー。さっそく大丈夫かな？」

「今日は頼りになる先生もいるから問題ない。な、先生」

「えへへ、そんな大層なものじゃないけどね？　でも、微力ながら頑張るよっ！」

俺は真優から渡された卵を複数割り、ボウルへ落とす。

そして、苦笑いをする真優を尻目に、卵に浮いた殻をひとつずつ集めた。

◇◇◇

「できた。スクランブルエッグ、ちょっと固めだ」

「卵焼きではないね。けど、斬新かも！」

真優はそう言って、失敗作を食べてくれた。

……卵焼きの練習を始めて数回。

まだ綺麗な形とは程遠いものができ上がっていた。

「難しいな……」

「失敗は誰にでもあるよねっ！　つ、次、頑張ろうよ！」

励ましてくれる彼女の前には、形を作るのに失敗した成れの果てがいくつも並んでいる。

失敗作といっても無駄にはできない。

食べ物を粗末にするのは、いけないからな。

けど、流石《さすが》にいくつも食べてもらうのは申し訳ない気持ちでいっぱいだった。

凹《へこ》んではいられない。かけてもらった時間に報いるつもりで、より良いものを……。

さて、もう一度だ。

俺は卵を溶き、温めたフライパンに流してゆく。

そして――

「ここでアレンジだ」

俺は白だしと、醬油《しょうゆ》を上からかけた。

これで卵の淡白な味から、きっと塩気が利いたものになるに違いない。

それを見た真優は目を丸くして、

「どうして入れてるのーっ⁉」

「唯一無二こそ、料理の真髄。だから、踏み入れないといけないんだ」

「カッコよく言ってるけど、まだスタートラインだからね⁉　素人の浅知恵は危険だよ～！」

「大丈夫だ。問題ない」

「それ、ダメな人の台詞《せりふ》じゃん！」

「ほら、できたよ」

俺はそう言って、フライパンから皿に移し替えたソレを、真優の前に自信満々に出した。

「ほら、固めの目玉焼き風卵焼きだ」

「目玉がないよ！」

「……新商品ってことにならないか？」

「きっくんの満足いく結果なら、私は何にも言わないよ？」

「その言い方は俺に効くな……。よし、次だ」

失敗を続けると気分がどうしても落ち込んでしまう。

真優のお手本みたいに、作れればいいんだが……。

転がしたり、重ねたりする時の力加減が難しく、破けることが多い。

それをなんとか取り戻そうとすると、今度は歪《いびつ》になって………と、後は堂々巡りである。

「上手くいかないな……」

残念ながら、自分は完璧な人間ではない。

天才みたいに〝見ただけでどうにかなる〟といったことはなく、俺はかなり不器用な方だろう。

料理のように試行回数をこなしていないのは、からっきしだ。

感覚で理解していくなんて、夢のまた夢だろう。

不器用な人間が上達するには、とにかく練習量でカバーするしかない。

数回やってダメなら、数十回やればいいだけの話。

俺は「ふぅ……」と息を吐き、肩をすくめた。

「想像以上に苦手なんだね？」

「不器用で笑っちゃうよな」

「ううん。頑張り屋さんを笑うなんてことしないよ。努力って素敵だなぁって思うし」

「そう言ってもらえると頑張れる気がするよ。ただ、何か考えないとな……」

「他のことにチャレンジしてみる？　得意不得意はあると思うから、自分に向いている方からやっていくという手もあるけど」

「言いたいことは分かる。けど、苦手なものから逃げたくはないんだ。少しずつでも前に進みたい」

真優は俺の言うことを真剣に聞いていた。

それから、穏やかな表情で笑いかけてくる。

「……偉いね。そうやって何事にも向かっていくのは本当に凄いと思う」

「それしか取り柄がないからな」

「そんなことはないと思うけど。でも、逃げたくないって気持ち以外にも理由があるんじゃないの？」

「……どうして、そう思うんだ？」

「分かるよ。だって、親友だもん」

「そっか……」

親友だからという理由だけで、説得力があった。

そう思えるぐらい、付き合いが長いから俺の中でも納得できるのだろう。

理解されてしまっているという恥ずかしさより、嬉《うれ》しさの方が勝って何でも話したくなるのかもしれない。

「少し昔の話なんだが、いいか」

「もちろんいいよ」

俺は改まって話す気恥ずかしさを紛らわすために軽く咳払《せきばら》いをして、それからゆっくりと話を始めた。

「恥ずかしい話だけど、俺の親は全く家事をしない人だった」

「家事？」

「ああ。洗濯とか片付けなんてやらないしさ。ご飯はカップ麺とかコンビニのおにぎりとか……。小さい頃からそんな感じで、しかも帰ってくるのが遅いから、いつも公園で遅くまで遊んでいたんだ」

「……大変だったね」

「最初はな？　けど、慣れてきたら寂しさよりも諦めになったかな？　だけど、理想があって、母親が公園へ迎えに来ている姿とか、夜に外から見えた夕飯の風景に憧れがあるんだよ」

今でも覚えている。

真っ暗な公園の中、ひとりで木に登ったり、ブランコに乗ったりしていた。

近くの民家から、溢《あふ》れる明かりをいつも眺めて……そこから見える楽しげな雰囲気を羨ましく思う日々。たまに、眩《まぶ》しくて泣いたこともあったと思う。

みんなからしたら当たり前だったかもしれないが、俺からしたらそうじゃなかった。

だからこそ、あの光景は印象に残っているし、心にも深く憧れという形で刻まれているんだろう。

「じゃあ、その憧れが目標でもあるんだね？」

「頼《たよ》り甲斐《がい》がある存在になって、温かい雰囲気を作る。そして、みんなで楽しく過ごせればいいよなって、俺は思うんだ」

「ふふ。確かにいいかも」

「だろ？　ただ、そんな空間を作るのは大変だなと思う。理想を現実にするには、努力と労力が必要だからな。あっちこっちに手を伸ばして、届くものを全部手繰り寄せたい」

「中々、欲張りだね？」

「まぁな。自分で言ってて笑いたくなるよ」

「そうかな？　私はいいと思うよ」

てっきり笑われるか、呆れられると思ったところ『いいと思う』と言われて、俺は驚いた。

優しくて気を遣う彼女だから、俺の意見に合わせてくれているのかもしれない。

って思ったけど、微笑《ほほえ》む彼女からはそんな雰囲気が感じられなかった。

ただ、何か思うところがあるのか、動揺する俺を見て、

「少しぐらい我儘《わがまま》じゃないと、大切なものは両手からこぼれ落ちてしまうものだからね」

と、苦笑しながら言った。

真優は背中を向けて、うーんと伸びをする。

そして、振り返った時にはいつもみたいな屈託のない表情でにこりと笑っていた。

「じゃあきっくんの我儘を叶《かな》えるために、私も最後まで付き合おうかなぁ」

「悪いな、いつも」

「気にしないで。ただ、私が困った時は助けてね⁇」

「その時は全力でやるよ。全ての用事を放り出してでも向かう」

「あはは！　ありがと〜」

楽しそうに表情を緩ませ、俺の練習で散らかった調理台を片付けてゆく。

次の準備を始め、そして奥から持ってきたホワイトボードに『今日のポイント！』と確認しやすいようにコツを書き始めた。

……ほんと、助かってばかりだよ。けど……。

至れり尽くせりの状況に、俺はふと彼女に聞きたいことが頭に浮かんできた。

「ひとつ俺から聞きたいことがあるんだけど、いいか？」

「どうしたの改まって？　気にせず聞いてよ。変な遠慮なんていらないよ⁇」

「そっか……なぁ、真優はどうしてそこまでしてくれるんだ？」

真優の頬《ほお》がほんのりと赤くなり、薄く笑う。

「不器用な頑張り屋さんを見ていると、心配で放っておけないからかな」

と、舌をちょこんと出して言ってきた。

からかうような仕草に気遣いを感じて、俺も笑って返す。

「持つべき友人に感謝だな」

「ふふっそうだね。でも、きっくんは友達って他にいないの？」

「友達の定義によるかな。何ごとも隠せず話せるというのが友達なら真優だけだ。そういう意味では唯一無二の関係と言えるかもな？」

「恥ずかしげもなくよく言えるね〜」

「事実だからな」

顔を見合わせて、それから二人してぷっと笑った。

「じゃあどんどん練習しよう！　大丈夫！　努力すればなんとかなるよっ」

俺はそこから一時間ほど、真優の指導を受けながら練習をした。

覚えることが多くて苦労したが、二人で料理をするこの時間に居心地のよさを感じていた。

だが、そんな憩いの時間はすぐに終わってしまう。

いつの間にかバイトの時間が近づいていた。

「続きはまた今度にしよっか」

「そうだな。今日はありがとう。なんか楽しかった」

「ふふっ。私も」

和やかな雰囲気のまま玄関に向かい靴を履いたところで、突然ドアが開いた。

「ただいまーって、あらら？」

視界に飛び込んできたのは、真優よりやや背が高くてお洒落《しゃれ》な大人の女性だった。

……真優の身内？

彼女は目が合うと、俺をじーっと見てきて……次第にニマニマとした表情に変わっていった。

「んん～？　もしかしてだけど、あなたが噂《うわさ》のきっくん？」

「そうですけど……噂って？」

「本当に!?　やったぁ～やっと会えたわ!!」

そう言うと肩をバシバシと叩《たた》いてきて、嬉しそうに笑う。

真優と違ったテンションの高さと勢いに、俺は圧倒されて動けなかった。

ちらりと真優を見ると、彼女も同様に固まっている。

「いやぁいつも真優が話してるのよ～」

「そ、そうなんですか……？」

「うんっ！　やだ～本当にカッコいいね！　私は真優の姉の千聖《ちひろ》よ！　よろしく～っ」

「あ、はい……初めまして。城戸彰吾《しょうご》って言います」

「ご丁寧にありがと～！　ところで、なんできっくんがここにいるの？」

「それは……」

「あーそういうこと!?」

今度は真優に近づき、ぎゅっと抱きしめたと思ったら肩を揺らす。

「何々～。真優ってばぁ。彼氏なんていないみたいなこと言ってたのにぃ。あ、でも安心できる存在は最高よねぇ。親友からの恋人って流れが素敵ね、うんうん！」

「ち、違……」

「それでそれで、どっちから告白したの～？」

「お、お姉ちゃん……ちょっと落ち着いて。困るから、かき回されたら困るの」

「ねぇねぇねぇ～！　お姉ちゃん気になるなぁ！　きっくんも教えてよ～っ」

「っ……！」

「あーもうっ！　距離が近いって!!　お姉ちゃんは放っておいて外に行こうよ」

真優は俺の手を摑《つか》み、ドアを開ける。

すると後ろから、不満そうな声が聞こえてきた。

「えー。もう少しお話ししたいんだけどぉ。きっくんはまた来てくれるー??」

「ダメだよ！　そんな誘ったら……迷惑じゃん」

「いいじゃない！　だって真優も嬉しいでしょ？　ねぇどうかな??」

「ご迷惑でなければ……」

「やったぁ。良かったわね真優。あんた前から――」

「あー！　あー！　ちょっと待ってよ！　お姉ちゃんはもうあっち行ってぇ～!!」

お姉さんを家の奥に連れていって、奥から何やら賑《にぎ》やかなやりとりが聞こえてくる。

……まぁ、聞こえはしないけど、これは気にしない方がいいだろう。

その後、すぐに真優は戻ってきて俺の手を摑むと外へ連れ出した。

黙ったまま早歩きで進み、家から離れたところでようやく真優が声を出す。

「ご、ごめんね。お姉ちゃんが騒がしくて」

「別に構わないが……噂ってなんだったたんだ？」

「あーいや……それはご想像に……」

並んで歩く彼女の声は尻すぼみに小さくなって、顔は夕日のように真っ赤に染まっていた。

手で顔を扇《あお》ぎ、目が合うと照れ笑いをする。

どうやら真優は、姉には弱かったようだ。

第七話

SUBTITLE

練習の成果を見せたくて

When I told my female best friend who gives love advice, that I got asked out.

「俺の料理を食べてくれないか？」

ある日の休日。

エプロンを着けて臨戦態勢をとった俺は、ソファーで寝転がってだらけているゆいなに声をかけた。

「ん～？」と、返事をして寝返りを打つと、いつも着ているような薄手の服がめくれ上がる。

目の毒になりそうな彼女から視線を逸《そ》らすと、彼女の方から笑ったような声が聞こえた。

「毎日食べさせたいなんてプロポーズ？　おにぃいきなりすぎじゃ～ん」

「違う。勝手に〝毎日〟なんてつけるんじゃない」

「酷《ひど》い!?　ゆいなの心を弄んだんだねっ!?　あ～泣いちゃうよぉ～しくしく」

「はいはい。適当な泣き真似《まね》はいいから、とりあえず味見をしてほしいんだよ」

「味見ね～。どーしよっかなー」

「時間的に都合が悪いなら諦めるが、どう考えても暇だろ？」

悩んだ素振りを見せるゆいなだが、どう見ても暇そうでしかない。

朝、起きてからこの時間までほとんどソファーで過ごしている。

漫画を読んでけらけら笑ったり、ゲームをして……ようやく別のことをやるのかと思ったら、別のゲーム機を持ってきたり……そんな過ごし方だ。

だから、誰がどう見ても忙しそうには見えないし、今の彼女には『堕落』、『怠惰』という言葉がお似合いなことだろう。

暇ならば、最近の俺の成果を見てほしいと思ったんだが……様子から見て乗り気じゃなさそうだ。

「今、卵厳選に忙しいんだよねぇ。六Vの個体が欲しいからさっ！　おにぃなら分かるでしょー？」

「いや、俺はゆいなほど詳しくはないから、専門用語を言われても分からないぞ？」

「廃人ロード、この道〜♪」

「……無駄に声が綺麗《きれい》だな」

明らかに乗り気じゃないな。

そんなに俺の料理が嫌なのかと思うと、若干凹《へこ》んでしまう。

まぁ、昔の失敗を考えれば警戒されても仕方ないのは事実ではあるが……。

「とりあえず今は、いいところだからさ。でも、ちゃーんと終わったら付き合うから安心してー」

「分かったよ。まぁこっちがお願いしてる立場だしな」

「待っといてけろ」

「ちなみにどれぐらいかかりそうなんだ？」

「うーん。コイキ◯グ一匹で四天王倒すチャレンジをするぐらいかなぁ。それが終わったら、ミラを狩りたいからぁ……やることが多くて困っちゃう～」

ゆいなは、てへっとあざとくポーズを決めてくる。

その様子に俺は嘆息した。

「どう考えても、食べる気なくないか……？」

「いやぁ～。不器用なおにぃが作った料理って暗黒物質ができるってオチでしょ？　それはいいかなぁ」

「勝手に決めつけるなよ。俺だってやればできる」

「本当にー？」

「疑っているのか？」

「えーだって、料理の練習なんてする暇ないじゃーん。あずあずが管理しているんだしさぁ。一体どこでやるのー？」

「まぁ、普通に調理台を使えることがあるからさ。結構頑張ったんだよ」

「へー……」

ゆいなは疑っているようだが、俺は何日も練習していた。

真優《まひろ》の家にお邪魔して、お願いするのは申し訳なかったが、練習の甲斐《かい》あってかなり上《う》手《ま》くなったと思う。

帰るタイミングで毎回、お姉さんに会うのは謎だったが……。

とにかく、真優も『これならバッチリだから自信持って』と背中を押してくれた。

それで迎えた今日だから、俺としては引きたくはない。

できるところを少しでも見せて、やれることを証明したいと思っている。

手伝ってくれた真優のためにも、頑張らないとな。

なんとしても食べてもらおう。

「少しだけだ。少しだけでいいから」

「少し……？　嘘《うそ》じゃない？」

「嘘は言わない。時間はとらせないし」

「うーん」

「この通りだ。頼む」

「じゃあ……」

ゆいなが渋々といった様子で腕を伸ばす。

俺が彼女の手を握ったタイミングで、「何しているの？」と梓《あずさ》がやってきた。

「ゆいなにお願いをしていたんだよ」

「お願い？　ナンパみたいだったけどー？　少しだけって粘ってたところとか……あーやらしー」

「分かってて言ってるだろ……」

冷たい視線を向けられ、俺はため息をつく。

冗談と分かっていても、圧を感じる目力があるから、中々に怖いんだよな……。

そんな俺の様子なんて気に留めていない梓は、持ってきた鞄《かばん》からお弁当を取り出して机の上に置いた。

「ご飯作ってきたから、バイト前に食べてよね」

「いつも悪いな。けど、この後ピアノの練習あるんだろ？　忙しかったら無理しなくていいよ」

「私も食べるんだし、別にいいでしょ？　自分の分だけって逆に作りにくいのよ。だから、文句を言わずに受け取ること」

「分かった。ありがとう」

「いえいえ。あと、明日用に彰吾《しょうご》の好きなのも作っておくからね」

「えー、ゆいなのはー？」

「彰吾と同じでしょ？」

「えへへ～まぁねぇ」

梓は髪を後ろに束ね、それから台所に行こうとする。

そのタイミングで、ようやく俺の格好に気づき目を細めた。

「へぇ……彰吾が料理？」

「ああ、挑戦してみたんだ」

「〝みた〟ってことは、もうしたわけね。ちなみになんの料理を作ったの？」

「卵焼きだ。和食から練習しているんだ」

「へぇ……自信は？」

「満足させられると思うよ」

練習を繰り返して、真優のレシピは頭に叩き込んだ。

だから、それを提供できれば満足させられる自信はあった。

問題は、梓がやらせてくれるかどうかだが……。

「じゃあいいわよ。見てあげるから」

俺の心配を余所《よそ》に、梓はすぐに快諾した。

けど、どこか意地の悪い表情をしていて、俺は疑いながら聞き直した。

「いいのか？」

「もちろん。彰吾に身の程を分からせて、料理の道を断ってあげる」

「ぷぷっ。あずあずの台詞《せりふ》が料理漫画の敵キャラみたい」

「確かにな……」

「ふんっ。どうせ、付け焼き刃でしょ？　料理って簡単にできるようになるほど甘い世界じゃないし、しかも卵焼きなんてかなり奥が深いんだから」

「それは多少なりとも理解したが……」

「甘い。本当に甘くて緩い感情を感じるわ」

「ますます、敵っぽくてフラグが……。これはこれで面白いねぇ」

梓の様子に、ゆいなは目を輝かせて眺めている。

この対決を楽しむ気満々といった感じだ。

無駄にウキウキしてるな……。

「ところで、彰吾は卵焼きを理解している？」

「理解？」

「ええ、そうよ。塩気、甘味《あまみ》、ブレンド、固さ、柔らかさ、それから色味。使う用途は様々だし、料理を飾る彩りに一役買っているぐらい重要なの。それを彰吾が作れるとでも……？」

「ああ、梓に食べてもらいたくて練習したからな。俺としては料理上手の梓に食べてもらって、アドバイスを聞きたいんだ」

「そ、そう……」

梓は何故《なぜ》か顔を赤くして、さっきまでの雰囲気が消え去った。

それでも無理に、威圧感を取り戻そうと眉間にしわを寄せて頑張っている。

だけど、上手く表情を作れなかったようで、「こほん」と誤魔化《ごまか》すように咳払《せきばら》いをした。

「ま、まぁでも？　そこまで自信があるなら食べてあげるわよ」

「ありがとう。じゃあ準備するな」

俺は深呼吸をして、二個の卵を摑《つか》むとボウルに割り入れた。

卵を溶きほぐして、かき混ぜて途中であごのだし汁を加えて混ぜる。

「あれ？　あずあずー。なんかおにぃの手際がよくないかい？」

「た、確かに。プロみたいに流れるような所作だなんて」

驚きの声が聞こえてくるが、今はリアクションをとっている余裕はない。

……なるべく早く。黄身が固まらないように素早く。

だし汁を入れたら形が崩れやすくなるから、片栗粉《かたくりこ》で調整……。

卵液をこして、ムラをなくして……。

俺は教わったことを頭の中で復唱しながら作っていく、最後に形を整えた卵焼きを切ってから二人の前に並べた。

「さぁ、召し上がれ」

ゆいなは、「お〜！」と感嘆の声をあげていて、目には疑うような色はなくなっていた。

卵焼きの端っこを箸で切り取り、二人はほぼ同時に口へ運ぶ。

味わうように咀嚼《そしゃく》をする彼女たちを見て、俺は息を呑《の》んだ。

「どうだ……？」

「す……」

「す？」

「すっごく美味《おい》しいよぉ〜!!　おにぃ天才！　今までで一番だよっ」

「……そんな。まさか……」

ゆいなは、まるで小さな子供みたいに美味しそうに頬張《ほおば》っている。

梓は美味しいとは口にしないものの、しっかりと食べてくれていた。

終始無言ではあるが、少なくとも不味《まず》いとは思っていないらしい。

そんな二人を見て、俺はそっと胸を撫《な》でおろした。

「美味しいなら良かったよ」

「ゆいな侮ってたよ！　流石《さすが》はおにぃ、イケメンは違うぜ〜！」

「そんなに喜んでもらえるなんて……良かったかな」

「これだったら、おにぃの料理を毎日食べたいなっ。どうだい？　これから、ゆいなのご飯を毎日作るっていうのは？」

「ははっ。ありがとう」

喜んでいる姿を見ていると、俺まで嬉《うれ》しくなってくる。

自分の努力が報われたという嬉しさもあるが、何より自分の作った料理を食べて笑顔になれる食卓というのが、心を温かくしてくれた。

……子供の頃に憧れた風景に少しは近づけたかな？

そんなことを思っていると、梓が「教えてくれたのは誰？」と聞いてきた。

「友人に教えてもらったんだ」

「彰吾……友人って女の子でしょ？　この味、盛り付け方……ちょっとした気遣いに女の気配を感じるんだけど」

図星をつかれて俺は、ドキッとしてしまった。

そんな俺の変化を梓が見逃すわけもなく、視線が鋭いものになる。

ゆいなもそれに気が付いたらしく、二人して俺の顔を見つめてきた。

「誰？」

「おにぃ、ゆいなも知りたいなぁ」

「本当に普通の友人だからな？」

「ふーん。じゃあ料理なんて練習できる場所が限られるけど……どこで？」

「確かおにぃの学校には料理研究部があるから、家庭科室はきっと借りられないよねぇ。そうなると……」

「いや、二人とも決めつけはよくないって。とりあえず美味しかったならいいだろ？」

「「よくない！」」

「……はい」

梓とゆいなは二人して内緒話を始めてしまった。

時折、視線が怖くて苦笑いしかできない。

これ、真優の名前は絶対に出さない方がいいな……。

二人の話し合いが終わると、ゆいながため息をついて肩をすくめた。

「まぁとりあえず、話してくれなそうだし。あずあずはとりあえずちゃんと感想を言わないと作ってくれた人に失礼だと、ゆいなは思うなぁ～」

「…………分かってるわよ」

「感想プリ～ズ。あ、まさかまさかぁ。おにぃが作ったのが美味しくて悔しさが込み上げているとか⁇　あずあずに限ってそんなことないよねぇ～。あんな偉ぶってて負けるとか、情けないことないよね⁇」

「お、おい。そんな風に煽《あお》るなよ」

「ざーこ、ざーこ」

「こらっ」

「にゃん!?　冗談なのにぃ」

俺にデコピンされてゆいなが猫みたいな声を出した。

梓をチラリと見ると、ゆいなに煽られたのが相当悔しかったのだろう。

わなわなと震えていて、目には涙を溜《た》めていた。

「おうちに帰る……」

「梓？　気にする必要は――」

「べ、別に悔しくなんてないし!!　料理で負けたからって、他は勝っているんだからっ！

だから、本当に何にも……これっぽっちも悔しくなんて……」

「あ、梓。涙を……」

「泣いてなんかいないんだから～っ!!!」

そう言って、梓は家を飛び出していった。

……あんなに悔しそうにしている姿は初めて見たな。

なんか、凄《すご》く悪いことをした気がするよ。

俺でも少しは家事をやれることを認めてもらいたかったが、仕方ない。

「さぁ～て、お邪魔虫がいなくなったし、ゆいなと存分に遊ぼーぜ！」

「うわぁ……無駄にいい笑顔だな。ゲームには付き合うけど、夕飯の後な？」

「うぃーりょーかい！　あずあずが行っちゃったから作らないとだもんねぇ。いつ戻ってくるかなぁ」

「後で連絡をしてみるよ」

「だねー。まぁ、ただの負けず嫌いだから大丈夫だとは思うけどねぇ」

「だといいけどな……？」

「そんで、おにぃは何を作ってくれる感じ⁇」

「卵焼きかな」

「また〜？　ま、おにぃが作るのは新鮮だからいいけどねぇ。エプロン姿も様になってるし」

ゆいなはにししと笑い、何だかちょっと楽しそうだった。

「ちなみにだけど、他は何を作れんの〜」

「卵焼きなら任せてくれ。二種の味は作れるから、交互に味変するのはアリかもな」

「へ、へぇ……なるほど。これは、嫌な予感がするなぁ」

「そんなこと言わずにさ。まぁ付き合ってくれよ」

「りょー……」

ゆいなはそう言って、引きつった笑みを浮かべていた。

◇◇◇

数日後。

梓は今まで通り家に来ていた。

世話焼きなのは変わらないが、絶対に台所には入れない、みたいなことはなくなってい
て、寧《むし》ろ俺を招き入れることも増えてきた。試食をさせてきて、感想を聞いてくるから、
少しは俺の料理を認めてくれたのだろう。

家事もできる人間になるための一歩を踏み出せたに違いない。

小さな一歩でも、前に進んでいるのだから良いことだ。

そして――この前の一件で梓とゆいなにも変化があった。

「……あの僅かな香りはカツオじゃなかった？　けど、風味が違う気が……買ったものを
調べれば分かる……？」

真剣な表情で卵焼きと向き合う梓。

俺は、そんな彼女に声をかける。

「なぁ。梓……？」

「いやいやダメよ。こんなことを見極められないようでは……完璧な妻なんて夢のまた夢。

それにこれを教えた人に負けてられないじゃない」

「梓、聞いてるかー？」

「ちょっと黙って。今、私の沽券《こけん》にかかわる重要なことを考えているんだから。何か文句あるの？」

梓が手に持つ包丁がキラリと光る。

真剣さと相まって怖さが倍増だった。

「いえ、何でもないです」

「そう。ならいいけど。味を見てほしい時は呼ぶからね、その時はよろしく」

「お、おう。任せてくれ」

俺は台所を出て、次にゆいなのところへ向かう。

彼女はマスクを着けて、窓ガラスを拭いていた。

「おにぃ、どーしたの？」

「ゆいな。この後、ゲームでもするか？　ミラ◯ルカン狩りたいって言ってただろ？」

「ごめんねぇ、おにぃ。ゆいな、掃除が終わったらお片付けして、それから料理の練習するの。これからゆいながやるからねぇ」

「そうなのか？　料理なら俺がまた卵焼きを――」

「「そこに座ってて!!」」

「あ、はい」

台所からの声とゆいなの声がハモり、気圧《けお》された俺は小さく返事をすることしかできなかった。

――あの日以来。

梓はノートを片手に料理に打ち込んでいて、ゆいなも同様に料理の練習をしに行ったり、家のこともやるようになった。

前までは梓だけだったが、今ではゆいなまで俺のことを防ごうとする始末だ。

今まではダラダラとゲームをしていたのに、やけに働き者になっている。

だが、そんな状況だと――

「何もできないヒモと変わらないじゃないか……」

俺はため息をつき、部屋にこもって勉強を始めた。

二人が他のことに打ち込んでいるお陰で、競い合うことも、理性が試される誘惑も減る結果になっている。

そう考えると、時間ができたという点だけは悪くないのかもしれない。

ただ、大事な人たちを支える立派な人間になる……その道は、まだまだ遠いようだ。

後日、今回のことを真優へ報告したら、「結果オーライだねっ！　次、頑張ってみよー」と、笑顔で言ってくれたから……少しだけ気持ちが楽になった。

閑話

SUBTITLE

恋に悩む私のちょっとした出会い

When I told my female best friend who gives love advice, that I got asked out.

私はきっくんとの料理練習用にスーパーで買い物をしていた。

家からは離れた位置にあるけど、タイムセールがすっごくお得だからここに来ている。

ただ、戦闘には参加しないけど……。

間をぬって、ゲットできたらラッキーぐらいの感覚かな。

殺気立ってるのは怖いからね……ははは。

それに他のも安いし。

そんなことを思いながら、食材を選んでゆく。

彼と一緒に料理をしたことを思い出すと、自然と表情が緩んだ。

「一緒に家でご飯作りなんて、まるで夫婦みたいだよね……って、何を言ってるんだろ」

頭を左右に振り、頬《ほお》を軽く叩《たた》いた。

あくまで親友として、彼の期待に応えないと！


——休日のある日。

学校以外で二人っきりになれて嬉《うれ》しくても、浮かれちゃダメ！

そう自分に言い聞かせて、気持ちを入れ替えようとする。

だけど、お姉ちゃんに茶化《ちゃか》されたことが頭に浮かんできてしまい、途端に顔が熱くなった。

「あ～もうっ！　お姉ちゃんが変なことを言うからぁ……」

……私の気持ち、気づかれてないよね？

きっくんはあれからも態度は変わらないから、大丈夫だと思うけど……。

お姉ちゃんがあんなあからさまに言うんだからぁ～!!

逆に私がもっと意識しちゃったじゃん！

「はぁぁ」

私はため息をつき、肩を落とす。

あ、でも……お姉ちゃんがいつでも来ていいなんて言ってたから、大義名分は得られた気が……。

家族ぐるみの付き合いになれば、それは親公認で……ってダメダメ！

私はそんな自問自答を心の中で繰り返しながら、再び夕食用の食材を選んでゆく。

買い物が終わり、スーパーから出ようとしたら出口付近にいる人が何やら困っている様子だった。

「どうしましょう……。買いすぎてしまったわ……」

大きく膨れた二つの買い物袋を前にして、大きなため息をついている。

横を過ぎていく人たちも様子は気になっているようだけど、みんな素通りだった。

「あの……すいません。良かったら持ちましょうか？」

「……いいのかしら？　けど、結構重いわ」

「大丈夫です。こう見えても、力持ちなんです」

私はそう言って、重たそうな袋の方を持つ。

思った以上にずっしりとして、中身を見ると油や醬油《しょうゆ》など、重たいものが詰まっていた。

「ちょうど、みんな切らしちゃって……」

「ありますよね～。私も経験しました」

「どうしてなくなる時は同じタイミングになるのかしらねぇ」

「ふふっ。不思議ですよね。じゃあ行きましょうか」

私はそう言って、お姉さんと一緒に歩く。

聞いたところによると、ここから二十分ほど歩いたところに家があるらしい。

だからその近くまで運ぶことになった。

横を歩く女性は、大人のお姉さんという感じで自分の姉よりは年上に見える。

どこかのＯＬさんなのかなぁーってことを考えていると、お姉さんが「優しいのね～」

と、話しかけてきた。

「優しいなんて、そんな」

「謙遜する必要はないわよ。見ず知らずの人に話しかけるなんて中々できることではないから……えーっと、お名前はなんて言うのかしら？」

「あ、ま、真優《まひろ》です。あの、お姉さんは……？」

「ふふっ。お姉さんなんて嬉しいこと言ってくれるわね～。私は愛子《あいこ》よ」

にこりと優しそうな顔で微笑《ほほえ》んできて、私も笑顔で返した。

「真優ちゃんは、見たところ高校生？」

「あ、はい。そうです」

「そうなのねぇ。もしかして、自分で料理をするの？」

「嗜《たしな》む程度ですが……。お弁当とかは作ってます」

「あらあら偉いわねぇ。ウチの子とは大違いだわ～見習ってほしいものねぇ」

「えっと……ウチの子？」

「そうよ～。ちょうど真優ちゃんと同い年ぐらいなの」

「そ、そうなんですか⁉⁉」

驚きすぎて声が大きくなってしまった。

でも、しょうがないよ。

だって、こんな綺麗《きれい》なんだもん……まさか、子供がいるなんて思わないって……。

愛子さんみたいな人が美魔女って言われるのかなぁ？

「ねぇ真優ちゃん」

「なんでしょうか？」

「好きな人いるの？」

「ぶっ！」

「その反応はいるのねっ！　いいなぁ〜青春ね〜」

突然のことで思わず噴いてしまった。

そんな私の反応を見てニコニコする愛子さんの姿は、この前の自分の姉を彷彿《ほうふつ》とさせる。

「それでそれで〜。どうなの⁉」

「いや、あの……恋愛話はお子さんに聞くというのは……」

「話してくれないのよ〜。母親的には大いに気になるんだけどねぇ。それでどんな子が好きなのかしら？」

「……………頭が堅くて、ぶっきら棒で、不器用な人です」

「それは……魅力的なの？」

「はい……。不器用だけど、何でも一生懸命でつい応援したくなるんですよ。不器用なところとか、放っておけないですし……たまに見せる笑顔が素敵なんですよね」

私は、つい自分の抱えている悩みを口にしてしまった。

「親友として期待に応えたい自分と、彼を独り占めにしたい自分がいるんです。どうするのが正解だと思いますか……？」

そんな第三者の関係だからこそ、

初めて会った人で、これから会うか分からない。

どうすればいいか悩んでいた私からしたら、誰かに聞いてほしい気持ちはある。

図星すぎて、私は言い淀《よど》んだ。

「それは……」

「真優ちゃんの顔に恋の悩みがあるって書いてあるけど、何かあったのかしら？」

た。

そんなことを思っていると、愛子さんがさっきよりは聞きやすいトーンで切り出してき

あーでも、まるで自分のお母さんに相談しているみたいで、恥ずかしいよ……。

独特の緩さで話しかけてくるからかな⁇

何で話してるんだろ私！

私が慌てて言うと、愛子さんはニコニコとして微笑んだ。

「あ、いや、今のはなしでお願いしますっ‼」

「へぇ～いいわねぇ」

　愛子さんは少しだけ考える素振りを見せる。

「そうねぇ〜正解かどうかは結果を見るまで分からないわ。でも、彼のためにもなって、独り占めにしちゃう。両取りなんていいんじゃないかしら？」

「そ、それは欲張りすぎですよ……」

「いい？　真優ちゃん。恋は一番欲張りな人が勝つの。誰かの隣にいられるのは、そういう子よ」

　そう言う愛子さんは、寂しそうな顔をした。

　何か思い当たる節があるのかもしれない。

「若いうちは時に感情の赴くまま進むことも大事なの。真優ちゃんぐらいの年でしか経験できないことは、た〜くさんあるわ。まだまだ若いんだし、もし失敗してもこれからこれから〜！」

　私に向かって微笑んでから、むんと胸を張って告げてきた。

　その元気づける言葉が、私の胸にスッと入り込んでくるみたいだ。

　……もう少し欲張りに、頑張ってみようかな。

　私はそう心に決めて、愛子さんの方を向いて頭を下げた。

「ありがとうございました。明日から頑張ろうと思います！」

「ふふっ。少しでも元気が出たなら良かったわ。じゃあ、もう少しだけ付き合ってくれる？　この先の公園まで」

「はいっ！　もちろんです！」

私は笑顔で返して、愛子さんと他愛《たわい》もない話をしてゆく。

重たい荷物を持っているはずなのに、何故《なぜ》かいつもよりも足取りが軽く感じられたのだった。

第八話

SUBTITLE

学んだ恋愛に偏りがある

When I told my female best friend who gives love advice, that I got asked out.

「じゃあ、あれから大きな変化はないんだね？」

昼休みに、最近の様子を真優《まひろ》に報告するのが最早《もはや》恒例になっていた。

「ああ。ただ、残念ながら俺の卵焼きの出番がないけどな」

「まぁまた披露する場面が出てくるよ。次に備えて、得意料理を増やしておくのもいいんじゃないかな。良かったらまた手伝うよ」

「お言葉に甘えて、またお願いしてもいいのか？」

「もちろん。真優ママに任せて！　最後まで責任を持って面倒を見るからっ！」

「ママって自分で言うなよなー。それに、俺は子供じゃない」

俺が不服そうに言うと、真優は気にしていないようで両手でグーを作り気合い十分といった様子だった。

たまに見せるちょっとした仕草や言動が可愛《かわい》らしい。

何気ない所作だからか、安心できる抱擁力みたいなのを感じるんだよな。

「なぁ真優」

「うん？　何か相談事かな？」

「ああ。料理練習とか自分を高めることも勿論《もちろん》大事なんだが、ひとつ大きな問題があってな。二人と向き合うと決めてから、一番ネックになっていることがあるんだが……それについて相談を――」

俺がそう言うと、真優は続きを待たずに「恋愛のことだね？」と首を傾《かし》げて確かめるように聞いてくる。当たり前のように言い当てられて、俺は思わず笑ってしまった。

「えへへ、正解みたいだね～。えっと、一番ネックになっているって話だけど、きっくんは自分なりに考えてみたんでしょ？」

「まぁ考えたし、学ぼうとしているが……」

「三者三様、正解はないものだから、自分なりの解釈があればいいと思うけどなぁ」

「そうは言うが……未《いま》だに理解できないから安易なことが言えないんだよ。真に理解できなければ、二人と向き合えたとは言えないだろ？　最良の判断のつもりが、最悪のものになってしまう」

「うーん……そっかぁ。けど、思い詰めて難しく考えないようにね？」

「思い詰めてはないよ。ただ、前に真優が恋心について持論を話してくれただろ？　まだ経験がなくてどうしたもんかなぁって考えていたんだ」

「あはは……。偉そうに語ったと思うとちょっと恥ずかしいかな。だから、あの時の言葉はきっくんの心の中だけに留《とど》めておいてね」

恥ずかしそうにしているので、俺は頷《うなず》くだけでそれ以上は何も言わなかった。

だけど俺はあの時に言われたことを忘れてはいない。

メモを手帳に残しているし、復習のために毎晩黙読するようにしている。

まぁ、そんなこと今の様子を見たら話さない方がいいんだろう。

俺には響いた言葉……そう、俺だけが覚えていればいい。

ただ、あの言葉を思い返すと余計に思うことがある。

「俺って恋愛の知識が改めてないんだな……」

「そう認識しているだけ偉いんじゃないかな。無自覚よりはいいと思う」

「だから、今の自分では偏った意見しか言えない筈《はず》だ……と思って、更に勉強していこうと決めたんだよ」

俺がそう言って、ここ数日間で書き連ねたノートを机に出した。

真優は驚いたように目を丸くして、ノートを受け取るとめくってゆく。

何も言わずに頷きながら目を通し、時折に感心したような声を出す。

そして、半分ぐらい見たところで「頑張ったね」と微笑んできた。

「無造作に書いていったから汚いけどな」

「そんなことないよー。まず、学ぼうとする姿勢は立派だよね」

「ありがとう。そう言ってもらえると、少しは努力できたなって思うよ」

「ふふ。少しどころじゃないけどね。ちなみに、どこから知識を得たの？　なんか色々な作品名が書いてあるけど……ドラマ？」

「ああ。恋愛の漫画やドラマ、そしてアニメを見まくったんだ。余暇は全てそれに使って、寝る間を惜しんで実行したよ」

「あらら、それで目のクマが酷《ひど》いんだね？　夜更かしはダメだよー？」

「夜更かしには慣れているから問題ないよ。それに時間に限りがあるから、いつまでも立ち止まっているわけにはいかないし、早く知ることが重要だ」

「真面目だね。真面目すぎて心配になっちゃうなぁ……」

「本当に問題ないよ」

俺がそう言うと、真優はまだ少し不安げな表情をしていたが、ふぅと息を吐くと曖昧に頷いた。

「気になったんだけど、家で見ているなら東浜《ひがしはま》さんやゆいなちゃんは知っているってことだよね？」

「知ってるも何も、有名どころの作品を用意してくれたのは二人だからな」

「そうなの!?」

「まぁな。梓《あずさ》はドラマや映画が多くて、ゆいなはアニメや漫画だった」

「そうなんだね……。ゆいなちゃんってアニメや漫画に詳しいんだ」

「ゆいなってサブカル系だから、色々なものを知ってるんだよ。名作レトロゲームとか特に好きだしな。だから、かなりの量を集めてきてくれたぞ」

「大丈夫だった？　先にこっち見てーって争いが起きそうな気がするけど……」

「全く問題はなかったよ」

真優は「それなら良かったね」とにこりと笑った。

今回、二人は何故かノリノリで持ってきてくれたんだよな。

流石《さすが》に毎日のように持ってくるから、いつそんなに買ったんだよと心配になるぐらいだったが……。

まぁ特に何事もなく、しっかりと観《み》ることができたんだよなぁ。

いつものゆいなだったら一緒に観るとか言い出しそうなものだが、終わった時に感想を聞かれるぐらいで鑑賞中に茶々を入れられることはなかった。

俺ひとりでは、参考になりそうな作品を探すのは難しかったし、何よりレンタルショップに入って恋愛系の話ばかりを借りるのに抵抗があったから、今回ばかりはかなり助かっている。

「それで、どうだったかな？　きっくんのことだから、『ここは勉強になったなぁ』とか

『ここは謎だった』というのがあったと思うんだけど」

「ははっ。真優は流石だなぁ。大正解だよ」

「えへへ、やったね～」

真優はさぁどうぞと、話を促すように手を動かした。

改まるとなんだか恥ずかしくなるが……。

俺は、軽く咳払《せきばら》いをして姿勢を正した。

「まずドラマを観て疑問に思ったのが、なんでみんな行きつけの店があるんだ？　バーとかカフェとか、お洒落《しゃれ》すぎだ」

「言われてみれば、そういうの結構あるよね。あんまり考えたことはなかったけど」

「それから物語の終盤に、急な事故に巻き込まれて記憶喪失になる」

「私もそういうの観たことあるけどハラハラするよね！　『この後、どうなっちゃうのかな？』とか、『ちゃんと結ばれて！』って祈っちゃうもん」

うんうんと首を上下に振って、分かるよと同意しているようだ。

俺からしたら、『おかしくないか？』って意味で言ったつもりだったんだが……。

「総じて思ったのが、軽はずみな行動をしなければこじれることはないということだ。それから物語終盤になって、急に主人公たちの知能指数が低下するのは謎だよな……」

「えっと……人は常に悩むものだからね？　細かい動きを全て表現できないから、そこは気にする必要はないよー」

「そういう解釈もあるのか？」

「あるある。ドラマは、雰囲気を楽しむのが正解かな。リアリティーを売りにしているなら別だけどね」

「じゃあ、そうなると他の疑問も考えるだけ無駄になるかな」

「そうとは限らないとは思うよ？　感情の揺れ動きとかは参考になると思うし」

「気になる点が多すぎて頭に入らん……。それで、なんとか忘れないようにと思ったら……」

「それでノートがびっしりだったんだね」

「まぁな……」

俺は腕を組み、目を閉じて考えてみた。

途中で狙いすましたように関係性を掻《か》き回す奴《やつ》が現れたり、男側のクサい台詞《せりふ》が無駄に多かったり、まだ待っとけよ的なすれ違いがあったり……。

そこまで培った信頼があるのに帳消しにするような、決めつけによる喧嘩《けんか》。

……うーむ、挙げればきりがない。

それ以外にも納得できないことが結構あった。

読解力不足で何か別の解釈が……？

いや、本当に分からん。

「もうっ！　きっくんは何でも理詰めで考えすぎー！」

真優は頰《ほお》をぷくっと膨らませて言ってきた。

「ああいう話は雰囲気を楽しんだり、ドキドキする部分を摂取するために見るんだからねっ」

「ドキドキを味わいたいなら、高いところに立って真上を見上げると体感できるぞ。足がぞわっとするから」

「全然違うよ！　ほら、甘いシーンを見たらきゅんきゅんして、自分も幸せな気分になるんだから、それでいいの〜。細かいところは気にしちゃダメ！」

「けど、『それで勘違いするか？』とか『言えばよくないか？』、『普通気が付くだろ』ってツッコミどころしかないと、物語に没入できないぞ」

「たまーに気になることもあるけど……。思い通り上手《うま》くいかないのって、逆にリアルっぽいでしょ⁉　私はすっごく分かるよ！」

「お、おう……。だが、聞く、伝える、意見交換の三ステップで全てのトラブルは大体解決だろ」

「むぅぅ……きっくんにツッコミを入れてあげたいよ。盛大にブーメランって……！」

「俺にツッコミ？　いやいや、何もないだろー」

「ハハハ……ソウデスネー」

真優は乾いた笑いをして、何か言いたげな顔でじとーっと俺を見ている。

俺が彼女の態度に首を傾げると、大きなため息をついて「何もしないよりはいいのかな」と呟《つぶや》いた。

まぁ、呆れられるのは仕方ない。自分の中に落とし込むことができず、『すげぇ面倒なことしてるんだな』という印象しか抱かなかったわけだから。

こういう動きをしたら非常に面倒なことになると、理解できたのは大きいかもしれないが……。

「さて、次はゆいなに紹介された本だな」

「漫画やアニメだよね？　どういうのがあったのかな……さっきの流れから考えるとあんまりかもだけど」

「まぁとりあえずスマホで写真を撮ってきたよ。これを見てくれ」

「うん……」

俺はスマホを見せ、妹から渡された作品たちの写真をスクロールしてゆく。

〝妹は負けヒロインではありません〟

〝兄に溺愛されすぎてこまってます。〟

〝今日も可愛《かわい》い妹が寝かせてくれない。〟

〝ウチの世界一可愛い妹が義妹だった件について〟

〝俺は妹しか愛せません〟


「偏ってないかな⁉」

「だよなぁ。内容のほとんどが妹と結ばれる話だったよ。ただ、実妹のもあれば、義理の妹設定もあったし、細かい内容や結ばれるまでのプロセスは違ったかな？」

「それが同じだったら色々とマズイけど……。その前に妹物だけというところに……きっくんもなんか感じることがあるよね？　作為的なものとか……」

「ああ。俺も思ったよ」

「だよね……アハハ、流石に気づくかぁ」

「流石にさ、知識を得るためなのに偏りがあるのは良くないよな。そう思ったから『他のにしてくれ』ってゆいなにも伝えたよ。ここは、幅広く勉強しときたい」

「あーえっと……私が言いたいのはそこじゃないんだけど……？」

「妹の言う通りのを観続けた方が良かったか？」

「ううん！　全然！　きっくんの考えでバッチリ正解かなっ‼」

真優の笑顔がなんだかぎごちない。

親指を立てる手になんか力が……？

心なしか何かに耐えているようだ。

「ふぅぅ……。他の作品を頼んだら、次は何が来たの？」

「あ……それは」

「歯切れが悪いね。どうかしたの？」

「いや、中々に見てて辛《つら》いものを渡されてさ。今までと毛色が異なったから、勉強にはなったが……」

「毛色が異なる？」

「そうだなぁ。簡単に言うと、お茶の間で見ていたらきっと気まずくなるだろうなってシーンが多かったんだよ。幸いこの作品の時はひとりで観ていたけど」

「あはは……確かにキスシーンとかあったら気まずくはなるかな？」

「いや、浮気男が腹を抉《えぐ》られてたんだよ。あれは普通にビビったし、ああはなりたくない……。憎愛の末路って怖いんだなぁ……って」

「一体、何を観ていたの……？」

「タイトルは忘れたが、学校系の名前だったような？」

「もう深くは聞かないね」

「今回、分かったことは俺にはこの知識の入れ方は向かないってことだな」

俺がため息をつくと、真優もため息をついた。

なんだが疲れているのか、げっそりしているようにも見えてしまう。

何か今度お礼をしたいな……。

俺がそんなことを考えていると、彼女は背を伸ばして笑いかけてきた。

「とりあえずは無駄ではなかったんじゃない？」

「恋愛ってこんなにこじれるし難しいってことは理解したよ」

「観点がズレてる気もするけど、複雑になりやすいのは事実かな」

「複雑ね」

「うん。空想の中では、すれ違いながらも上手く収束して、最後は収束していったでしょ？」

「確かに大団円で終わるな。あそこまで引っ掻き回した人物も、何故《なぜ》か大人しくなるし。まぁ、それについては〝諦めた〟とも言えなくはないが……。考えると謎が多いよな？」

「ふふっ。そうだね。物語である限り終わりがあるから、締めるしかないんだよ。けど、実際は人生が続くし、語り切れないことが多いと思うなぁ。『そんなことあるの⁉』みたいなことも、現実ではあるでしょ？」

「この前の俺みたいな状況とかまさにそうかもな」

「あはは、それ自分で言う？　でも〝事実は小説より奇なり〟っていうのは、そういうことを言うのかもしれないね」

俺が参考に観た創作物では、この前のような出来事は起こらなかった。

もしあるなら、その主人公はどういう選択をして、その後みんなはどうなったか……それを知りたいとは思う。

少なくとも、気持ちがフラフラと動く男はろくなことにならないことは分かったな。

まぁそれは現実でも同じかもしれない。

俺はノートをしまい時計を見る。いつの間にか、終わりの時間が近づいてきていた。

「そっか。そろそろバイトだね」

「あっという間だよなぁ」

「ふふ。そうだね……あ、バイト！」

ふと何かを思いついたのか、机をバンと叩いて身を乗り出すように近づいてきた。

だが、すぐに自分の行動が恥ずかしくなったのだろう。

顔を赤くさせて、苦笑しながら椅子に座り直した。

「大丈夫か？　何か思いついたみたいだったが」

「あ、うん。きっくんの周りに恋愛の参考となる人はいないのかなーって？」

「参考になる人……そうだな。バイトの先輩にカップルはいるが……」

「恋愛や恋心を知るためには、話を聞いたり様子を見たりするのが一番だと思うよ。だから、参考にしてみるとかどうかなぁ」

「参考にか……」

「気が進まない様子だね。何か気になるの？」

「ああ。参考にしたいのは山々だが、何をどう見ればいいのか……。美男美女でただでさえ人目を惹《ひ》くのに、いつもベタベタしているから、見ている方もしんどくなるんだよ」

「そっかぁ。目が合ったら気まずくなっちゃうもんね」

「いやいや。バイト中は真面目に仕事をしないとダメだろ？　先輩を注意するのは気が引けるんだ」

俺が注意しても、暇があれば一緒にいるからな。

まぁ忙しくなければ注意はしないが、いつもあの調子だと困ってしまう。

悪い先輩たちではないが、カップルになるとすぐにいちゃつきたくなるものなのか……？

いつも注意している手前、自分から話を振るのも悩みどころだ。

「気が進まないかもだけど、そういう先輩から話を聞いてみるのもいいんじゃない？　付き合って良かったこととか、逆に嫌だったこととかね」

「インタビューみたいな感じか。確かに、聞けば認識を広げることにも繋《つな》がるが……」

「そうそう。聞くのが難しい先輩じゃなければ、きっと話してくれると思うよ。惚気《のろけ》話ってついしたくなるものだから。やっぱり聞きづらいかな？」

「聞くのは問題ないが……」

きっとかなり話してくれるだろう。

ただ、元気すぎて話が長い上に、距離感がなんとも……。

単純に分け隔てなくフレンドリーな感じではあるけど、魔性の女とか大学で言われているらしいからなぁ。

その手の話題を進んで振りたくはない……。

だが、真優が言っていることもよく分かる。

いくら俺がフィクションを読み漁《あさ》って知識を付けたところで、それは想像の中の世界だ。

そっち方面に知識が偏ってしまっては、現実の方の問題へ対処ができなくなってしまう。

正しい行動や選択をするには、どちらか片方に傾倒するのではなく、バランスよく理解する必要がある。

だから、そういう提案をしたんだろう。

ただ、一番の問題は恋愛ごとに疎い俺が先輩たちの一挙手一投足を見逃さずにいられるかというところだ。

話を聞くだけではなく、カップルの気遣いや動き、様子なんてものを見るのは正直不可能に近い。

って、その前に流石《さすが》にジロジロ見ていたら、ただの不審者だ。

いや、甘いことを言うな俺。やるからには全力で学ばないといけない。

恥を捨てて徹底的に観察する必要もあるんじゃないか……？

その場合は視線を気づかれないように陰からコソコソと、バレないように……。

「そうだ真優。ストーカーのテクニックを知っているか？」

「どうしてそんな発想に⁉」

「いや、観察するとなると、やはりこっそりとが一番だろ？　気づかれなければやってい
ないのと一緒だから」

「それは犯罪者の心理だからね！　とりあえず私が言いたかったのは、そんなじろじろ見
ることじゃないんだけどなぁ。けど、きっくんの場合は、変に真面目なところがあるから
……」

真優は口に手を当てて「一番いい方法は……」と呟いた。

どうやら、俺がやりやすい方法を考えているようである。

俺としてもストーカーみたいな行動はしたくなかったから、正直ホッとした。

「うーん、ひとつ提案なんだけど……」

「提案？」

「きっくんさえ良ければ、今度アルバイト先に行っていいかな？」

「真優なら別に構わないが……。何もサービスできないぞ？」

「ふふっ。そんなの求めてないよー。ほら、確かきっくんの働いているファミレスって期間限定の抹茶パフェがあったでしょ？　あれを一度食べてみたかったんだよね。だからそれを食べに来たという形で……」

「理由づくりの設定ってことか」

「そうそう。私はあくまでそのパフェが好きな同じ学校の人。聞かれて困ったら、友達がバイトを探しているから紹介するために……みたいに言えばいいと思うよ」

確かにそれなら違和感はないか……。

バイトの募集はしているし、俺だったら真面目に紹介しに来てもおかしくない。

「それに私は人を見るのが得意な方だから、きっくんの気づかなかったことも気が付くと思うんだ。ただ邪魔したら悪いから、シフト前に少しだけ一緒にって感じかな」

「有難い話だが、そこまでしてもらっていいのか？」

「もちろんっ！　あ、でも長くお店にいたら迷惑とかあったら、なるべく早く帰るからね！　そこらへんは空気を読むから任せて！　それから東浜さんを帰りに迎えに行くのなら、始まる前なら会うこともないでしょ⁈」

「じゃあ、面倒をかけるが頼む」

俺が頭を下げてお礼を言うと、「気にしないで」と優しい声で言ってきた。

目が合うと微笑《ほほえ》んできて、その表情は気持ちを穏やかにしてくれるようである。

だから、少しでも何か……。

「パフェを奢《おご》るよ。いつものお礼にしては足りないと思うけど」

「いいの⁉」

「お、おう。その程度で悪いけど」

「えへへ、そんなことないよ。パフェ楽しみだなぁ〜」

真優は無邪気に喜んでみせて、嬉《うれ》しそうにはにかんだ。

……なんだろう、この感覚は。

彼女を見て、俺の胸が感じたことのない……。

そう、どくっと嫌ではない高鳴りがある。

そんな感覚に戸惑いつつも、子供みたいな一面に自然と口元がほころんだ。

第九話

SUBTITLE

アルバイトは恋愛観察バラエティー

When I told my female best friend who gives love advice, that I got asked out.

「店長すいません。店の抹茶パフェが好きな友人が、アルバイトに興味があるようで奥のテーブル席を使ってもいいですか？」

と、俺はバイト先に着いたら店長にそう話したら、すぐにOKがもらえた。

真優《まひろ》はというと頬《ほお》をほんのりと赤く染めて、さっきから俺を不満そうに見ている。

「もうっ全部言わなくてもいいのに……」

「あはは……悪い。まぁでも、パフェをサービスしてくれたからよかったじゃないか。いらない？」

「それはいるけど！　別に食いしん坊キャラじゃないですよー」

そう言いながらパフェを口に運び、嬉しそうな表情をした。

口ではああ言っているけど、甘い物が好きらしい。

平日のファミレスは土日と比べると比較的落ち着いている。

流石にディナー近くになると多くなるが、それでも慌てるほど人が来ることはない。

学生の打ち上げなんかがあったら、最早《もはや》戦場となるが、今はその時期ではないから客の数も疎《まば》らだった。

俺は料理ができないからホールを担当していて、平日は十八時から二十一時が大体のシフト時間である。平日の夜は、大学生のバイトがほとんどで俺みたいな高校生はそんなにいない。暇な時間はみんな仲良さそうに談笑していた。

和気あいあいとした雰囲気は学生が多い職場の特徴なのかもしれない。

「初めて来たけど、お店の制服って可愛《かわい》いんだね！」

「まぁな。真優は興味あるのか？」

「自分に似合うかはともかく、可愛い服に興味がない女の子はいないよ～」

俺のアルバイト先は全国展開のファミレスで、料理は安くて美味《うま》いと評価されている。

そんな料理の評判もさることながら、実はホールスタッフの制服が可愛いと女性から評判だった。スカートタイプの制服で、決してメイド服というわけではないが可愛さが重視されたデザインとなっている。

男は特に特徴がある制服ではないから、余計に女性の可愛さが際立つ結果になっていた。

その制服を目当てにアルバイトをしたい……なんて思う人もいるらしい。

「なぁ真優。素朴な疑問なんだが……聞いてもいいか？」

「いいけど。何か気になるようなことでもあったの？」

真優は可愛らしく小首を傾《かし》げる。

彼女自身は特に疑問を覚えていないようだが、俺からしたら違和感しかなかった。

まぁ真優のことだから、意味がある行動なんだろうけど……分からん。

「いや、真優がそれでいいなら気にしないようにするよ」

「ふふっ。そうしてくれるかな？　備えあればなんとやらってことだから」

「なるほどな？」

俺はひとまず納得することにして、受け入れることに決めた。

いつもと違うのは、彼女なりの気遣いなんだろう。

だったら、それを無下にするわけにはいかない。

それにしてもここまで変わるもんなんだなぁ。

俺がそんな風に感心をしていると、真優は手帳を鞄《かばん》から取り出して、目の前に置いた。

「とりあえず、バイトの仕事内容を教えてくれるかな？　一応、話を聞きに来ているってことだからね」

「ああ、そうだったな。ありがと」

「いえいえ。それで、例の綺麗《きれい》な先輩ってどの人？」

「俺が説明をするまでもなく、すぐに分かるよ。とにかく噂《うわさ》好きで人懐っこい人だから」

「へぇ。じゃあ――」

「やぁやぁ彰吾《しょうご》くん！　珍しいねぇ〜。こんなに早く来るなんてさっ」

俺と真優の会話に元気な声が割り込んできた。

横に抱き着くように座ってきて、にししと無邪気に笑いかけてくる。

「新井《あらい》先輩。いつも言っていますが、欧米的挨拶はやめてください」

「君とボクの仲じゃないか〜。遠慮なんてしないでくれよ」

「俺は適度な距離が望ましいです」

「それは無理な相談だねっ。ボクは人のぬくもりが大好きだから」

「はぁぁ」

俺はため息をつき、くっついてくる先輩を引きはがした。

「いけず〜」と、上目遣いで甘えるように見てくるが、俺は視線を合わせないようにする。

平日で客がそんなにいない時間だけど、流石によくはない。

その証拠にどことなく視線を感じるし、誰かがソファーを「ボスッ」と殴った音まで聞こえてくる。

ただの距離感がバグった先輩と後輩のやりとりではあるが、関係性を知らない他人からするとイチャつくカップルに見えているかもしれない。

喋《しゃべ》り方が独特な先輩だけど、遠目で見るとかなり美人だから、男たちからの嫉妬もあることだろう。

　そう思うと、ため息しか出てこない。

「あ～忘れてたよ！　君が彰吾くんが連れてきた食いしん坊？」

　先輩は思い出したように真優を見ると、次は彼女の隣に移動してにこりと笑う。

　真優は必死に笑顔を作っているようだが、口の端がぴくついていた。

「食いしん坊ってわけでは……」

「そうなのかい？　あ～でも、君は中々に可愛いらしい雰囲気が……もしかして、彰吾君」

「何ですか、先輩。早く仕事に戻ってください」

「相変わらずつれないなぁ～。ボクをこんなにもおざなりに扱うのは君だけだよ？」

「普通に仕事してくれたら俺は何も言いません。それから、初対面の相手にはもう少し距離感を考えた方がいいですよ」

「えぇ～フレンドリーなところがボクのウリなのにぃ～！」

「見てください。真優が困っているじゃないですか」

　たしなめると先輩は不服そうに口を尖《とが》らせた。

　こんな勢いでいきなり接触されたら誰だって驚くよな。

　真優に付き合ってもらっている分、こういった迷惑はかけたくない。

　そう思って真優の様子を窺《うかが》っていると、先輩が何かに気が付いたように「ははーん」と口にした。

「心配が見え隠れするこの距離感……もしかして付き合っているのかい？」

「ぶっ⁉　す、すいません。違いますよ……」

「あらら、そうなの？」

「勝手な想像は迷惑ですよ。真優の顔が赤くなってますから……」

「ありゃ、邪推だったかな？　こんなにお似合いだと思ったのにぃ。まぁいいや。可愛いから撫《な》で撫でしちゃおーっと」

「あ、あの……ちょっと」

「ボクの彰吾君はオススメ物件だよ～」

「勝手に〝ボクの〟にしないでくださいよ。いい加減戻らないと、内山《うちやま》先輩を呼びますよ？」

「………………」

「どうかしましたか？」

「やーん。まっじめ～」

一瞬、無言になった先輩はそんなことを言って去っていった。

ちなみに内山先輩が新井先輩の彼氏で、暴走気味な彼女の手綱を握っている人物でもある。

元気な先輩に、冷静な先輩はかなりお似合いだ。

とりあえず、嵐が去ってよかったな。

俺は、はぁと息を吐き真優を見ると、まだトマトみたいに赤くなっていた。

「おーい。大丈夫か」

「ううん。大丈夫……そんなことより、さっきの人がきっくんが言ってた人ってことだよね？」

「そうそう。中々に破壊力がある人だっただろ？」

「うん、その……色んな意味で。ここまで制服が似合う人がいるんだって思っちゃうぐらい」

「実際、先輩目当てで来店する人もいるからな。ただ、彼氏を見たら諦めるだろうけど」

俺はキッチンで料理をしていると男性に視線を向ける。

真優も視線の先を見て、「なるほどねー」と呟《つぶや》いた。

高身長に高学歴、なおかつイケメン。

口数が多くはないから怖い印象があるが、実際は面倒見がいい。

俺がアルバイトを始めた時に新井先輩が教育係だったが……終始話が変わってしまうので、内山先輩がフォローしてくれていた。

だから、お世話になった内山先輩を尊敬しているし、感謝もしている。

「美男、美女、話で聞くよりも実際に見る方が説得力あるだろ？」

「ふふ。そうだね。ただ、きっくんも負けてないと思うよー」

「それを言うなら、真優の方じゃないか？」

「先輩さんと比べると全然ふつーだよ。褒められるのは嬉《うれ》しいけどね？」

謙遜して言う彼女の態度に俺は首を傾げた。

「普通って言うが、真優は普通に美少女の分類だろ？」

「へ？」

「驚く必要はない。事実は事実だ」

「え、えーっと……言われると流石《さすが》に……」

「いやいや。世の中、口に出さない方がいいこともあることは重々承知だが、褒められる点は素直に言うべきだよ」

「言ってることは分かるけど、今は言わない方が……」

「まぁ少なからず言葉にして出すことに抵抗がある人もいるからな。もしくは見る目がないだけということもあるが……。少なくとも真優は美――」

「き、きっくん！　一旦ストップでお願いしますっ!!」

真優は俺の口を塞ぐと、涙目で訴えるように見てくる。

……言い方、間違えたか。とりあえず涙を……。

俺はハンカチを取り出し、真優の涙を拭こうとすると近くのテーブルからガタンと音が聞こえた気がした。

「うん？」

「き、きっくん。とりあえず目的を思い出して」

音のした方が気になり、そっちの様子を見ようとすると、真優に名前を呼ばれて腕を引かれた。

「すまん。そうだったな。なんか気になって」

「しょうがないよ。ちょっと賑《にぎ》やかな感じがすると気になるよね？　ただ時間も少ないことだし、様子を見てみようよ。都合よく見れるとは限らないかもだけど——」

「呼んだかい⁇」

「ええっ⁉」

急な先輩の登場に驚いた真優の口から変な声が漏れる。

ニコニコとした表情をする先輩の手には、バイトの制服が握られていた。

何で持ってきてるんだ？

そんな疑問を解決する間もなく、先輩は俺たちの手を握り店の奥へ引っ張ろうとしてくる。

「さぁさぁ。ちょっと二人とも事務所に来ようか！　アルバイトの説明なら、ボクもひと役担わないとねっ」

「ちょっと先輩⁉」

勢いに押されて、俺と真優は連れていかれる。

だが、俺だけは事務所の前に放置されて真優と先輩は中にこもってしまった。

「幸い客が少なくて良かったな……。それにここなら外から見えないし、遊んでるなんて思われないか……」

俺はため息をつき、二人が出てくるのを待つ。

中からは『うわぁ～結構着痩《や》せするんだねっ』とか、不穏な言葉が聞こえてくるが……何とか考えないようにした。

そして、ようやく出てきたと思ったら、

「じゃじゃーん！　新バイトのご紹介～！」

先輩が制服を着た真優と出てきた。

「…………」

そんな真優の姿を見て、俺は思わず黙ってしまった。

顔を赤らめて恥じらうようにメニュー表を持つ。その大きな瞳は、潤んでいた。

「な、何か言ってよ……恥ずかしいんだからぁ」

「え、や……悪い。なんというか……似合いすぎじゃないか？」

「ふえ……」

制服を着た真優は、控えめに言ってもかなり似合っていた。

それで不覚にも見惚《みと》れてしまって、無言になってしまったわけだ。

白中
MENU

「そ、そうなんだね……ありがと。私もアルバイトしてみようかなぁ……なんちゃって」

「凄《すご》く似合うし、真優だったら応募倍率が高くても採用されると思う。正直、ここまで似合う人がいたんだなぁって感心しきりだ」

「……ストレートに言うんだからぁ」

俺の言葉に真優はさらに顔を赤くして、もじもじとしてしまう。

なんだろう、この雰囲気……俺まで恥ずかしくなってきた。

そんな俺たちの様子を先輩はニヤニヤしながら見てくる。

「いやいやぁ〜。やっぱりボクの目に狂いはなかったねっ！　どうだい？　このまま体験バイトでも――」

「……後輩で遊ぶのはどうかと思うよ」

新井先輩が真優を連れていこうとしたタイミングで声が聞こえ、内山先輩の胸にぶつかりよろけてしまう。

そんな新井先輩を抱き留める形で彼氏が支えた。

これだけ騒いでいたら、それは先輩も来るだろう。

だけど、これからカップルという存在を見せつけられるのかもしれない。

二人が見つめ合い、

「ああん……？」

「………」

何故《なぜ》か火花が散った気がした。

なにかおかしくないか……？

◇◇◇

「そこにいるとボクの邪魔じゃないかなぁ？」

「……今、仕事中。客の料理優先だから」

「料理ってあの可愛《かわい》い女の子たちでしょ〜？　あ〜やだやだぁ」

「……誰でも一緒。お客様だよ」

「ぶつかっておいて、何もないのはおくしくないかい⁉」

「……もう少し落ち着いた方がいいよ。いい大人、だよね？」

「むきーっ！　正論とかいやぁ〜。そういうところがキライ〜」

「……なんでだよ」

「ふんっ！」

不機嫌そうに舌をべーっと出して、新井先輩は奥に消える。

残された内山先輩の方は、大きなため息をつき、怒ったような悲しいような……そんな複雑な顔をしてしまったな……。


「なんか嫌なところを見ていた」

「全然ラブラブじゃないよ……？」

「流石に鈍い俺でも分かる。ついこの前までそんなことなかったんだが……」

カップルを見に来たのに、まさか喧嘩《けんか》を見ることになるとは……。

あんなに仲が良かったのに何があればこうなるんだよ？

もしかして俺が気が付いてないだけか？

席に戻るわけにもいかず、俺たちは事務所の方からこっそりと二人の様子を窺《うかが》う。

すると、目が合った新井先輩がこちらに向かってきた。

「彰吾く〜ん!!　ボクを慰めておくれよ〜」

お腹《なか》のあたりに泣きついてきて、ぐすんと泣き真似《まね》をする。

俺が反応に困っていると、構ってほしそうに頭をぐりぐりと動かした。

際どい……絶妙に……これ、他の人に見られたら勘違いされるな……。

真優は苦笑いでこちらを見守っているだけである。

とにかく、ここは俺が話を聞くしかないか……。

一応、アルバイトの説明を聞きに来ている体だから、真優を巻き込むのは違うだろう。

「先輩。俺で良ければ話を聞きます。大して役に立たないかもしれないですが……」

「本当に⁉　頼《たよ》り甲斐《がい》のある男の子は大好きだよぉ～。そう……君みたいなね？」

「甘えた顔をしても、ダメです。まったく、誰にでもそんな態度すると勘違いされますよ」

「君だけだって～」

そう言って俺のお腹を突《つつ》いて「すっごくかたーい」と、頬《ほお》を赤らめながら言う。

きっとわざとなんだろうけど、こんな行動をいつもやっていたら魔性の女とか言われても仕方ないよな。

普段から梓《あずさ》やゆいなの相手をしていたから、俺には耐性があるから問題ないが。

俺に効果がないと分かると、座り直した先輩が何があったか話し始めた。

「大人の女性とデート？」

「そうなの‼　ボンキュッボン‼　って感じのナイスバディな人～！」

「えっと、違うという可能性は？」

「ないない。ボクは視力がいいからねっ。見間違える筈《はず》もない！　しかも三度目撃してるんだよっ」

確かにそれは限りなく黒に思える。

けど、先輩って浮気とは無縁そうなんだよな。

見た目からしてモテるだろうけど、彼女のことを大事にしているのは普段の行動から分かる。

新井先輩が転びそうになったり、怪我しそうになったり、重い荷物を持ってたら代わってあげたり……これは、恋人というより子守りか？

俺のそんな考えが見透かされたのか、先輩が「ボクが子供っぽいのがダメなのかなぁ」とぼやいた。

「これでも見た目はいいと思ってるんだけどなぁ～。彰吾君はどう思うー？」

「俺に聞かれてもコメントに困りますが……。一般的には魅力的だと……」

「君はどうー？」

「……きっくんに同じです」

真優は気まずそうに答えた。

先輩は俺たちの答えに満足した様子はなく、大きなため息をつく。

いつもの元気な勢いがどんどんしぼんでいっているようだ。

「浮気についてはどう思う？」

「俺は、気にする必要はないと思います」

「……ボクもそう思いたいなぁ」

「まず、予想する前に聞いてはみたんですか？　確証がないのにそう考えるのは不毛ですよ」

「だってぇ話してくれないんだよー……。疑いがある時に秘密はちょっとねぇーって思うじゃん？」

「何故、秘密に？　っては気はしますね」

「でしょー。ずーっとだんまりなんだもん。話を上手《うま》く持っていっても、はぐらかされるー」

確かに話してくれてもいい気はする。

そんな態度では、疑われても仕方ないし、新井先輩が不安になるのも分かる。

「これは絶対にやってるよ。色気ムンムンの大人の女性と……」

「それは早計かと思いますが……」

「浮気は男の文化って言うでしょ？　だから間違いないって」

「気が多いのは事実です……けど、全員がそういうわけではないと思います」

「はぁぁ。こんな気持ちなら、もう別れた方がいいかなー……」

「どうして……そう思うんですか？」

「あはは……恥ずかしい話、ボクって長続きしないんだよねぇ。喧嘩すると意外と元に戻れないことが多いんだよー」

別れるという言葉を聞いた途端、胸が締め付けられる気がした。

何とも言えない気持ち悪さと、苛立ちが俺の中で積もっていく。

どうして簡単に、そんなことを口にするんだ……。

一回は好きになった相手なら、もっと真剣に向き合ってほしい。

そう思った時、「好きの気持ちはその程度ですか？」と口が勝手に動いていた。

「……彰吾君は、他の人みたいに『距離を置いた方がいい』とか『別れたら？』って言わないんだね？」

「……言いませんよ。っていうより、もっと声が枯れるまで話をするべきだとは思います」

「けどぉ……」

「内山先輩は口数が少ないし、話をしてくれないから無駄と思ってますか？」

「……うん。だってこの前とかそうだったし」

いつも元気な新井先輩がしょぼんと落ち込んだ様子を見せてくる。

普段の彼氏を見ているからこそ、そうだと思っているのだろう。

後は……今、感情的に話したくないというのもあるかもしれない。

表情からも、その複雑な心境を察することはできる。

「確かに内山先輩の本音は見えないところがあります。優しいところがありますから、言いたいことも言えないんでしょう。ただ、新井先輩が話し合える環境にいるのに逃げるのは違いますよ」

「うぅ……」

「数回で諦めてどうするんですか。いつもみたいなしつこさで、話してくれるまで粘りましょうよ。確かに疑わしい場面を見たかもしれません。けど、今までの先輩を考えたらもう少し信じてもいいと思うんです」

「………」

「普段は寡黙で淡々としている先輩が見せたさっきの表情は、悪いことを誤魔化《ごまか》すためのものには俺は見えませんでした。それに、先輩は自分の気持ちを伝えましたか？」

「………」

「普段の先輩からは弱さとか感じませんから相手は分かってないかもしれない。言わなくても自分のことを察してくれるなんて考えは幻想です」

自分にブーメランな言葉。

俺は気が付いたから向き合おうと思った。

まだ、理解はできていないが……言わないことの弊害だけは分かっているつもりだ。

先輩はただ黙って俯《うつむ》き、俺の話に耳を傾けている。

「いいじゃないですか。不安があれば聞いたって、聞いてから結論を出しても遅くはないですって。不満に思っていること、直してほしいこと、自分がしてほしいと思っていることを全部話してみましょうよ」

「嫌な思いしたりしないかな？」

「もちろんするかもしれないです。嫌なことって目立ちますからね」

「え、えー……」

「人って百の良いことがあっても、たったひとつの欠点で全てダメに見えたりするんですよね。けど、思い返してみると嫌なことよりも良いことの方がたくさん出てくるんです。それこそ、怒りなんて一時の感情ですよ。まぁ中々、制御するのは困難かもしれませんが……。とにかく、確かめもしないで決めつけるのはよくないです」

「分かったよ。ありがとう彰吾君。けど、もし浮気してたらどうする？」

不安そうな顔をして訊《たず》ねてくる先輩に、俺は拳を突き出した。

「もし、それで先輩が本当に最低な浮気野郎だったら顔面を引っ叩《ぱた》いて別れてやりましょう！　その時は俺も手伝います。浮気する奴《やつ》は馬に蹴られて死ねとまで思っていますので……だから——」

俺は先輩の顔を真っすぐに見て、息を吸う。

そして、

「簡単に別れるなんて言わないでください」

と、はっきりと伝えた。

言葉にして出すのは簡単だ。

たった数文字の羅列を口にするだけで、関係を切ることができてしまうのだから……。

感情は生き物。制御できずにその場の勢いで……安易で安直な決断をしてしまうのだろう。

その後に、どんな後悔や迷惑があるなんて考えもしない。

一度、切った繋《つな》がりはそう簡単に修復できないということも。

……俺は何度も見てきたから、その辛《つら》さを味わってほしくないと思ってしまうのかもしれない。

「とにかく逃げずに、そして……せっかく出会って付き合った縁を大切にした方がいいですよ」

俺がそう言うと、新井先輩は「分かったよ」と頷いて涙を拭いた。

いつもみたいな笑顔になって、「それじゃ引っ叩いてくるねぇ〜っ！」と元気よく駆けてゆく。

最早《もはや》、仕事中ということも忘れているらしい。

出会い頭に客とぶつかったらどうするんだってぐらいの速さだ。

「上手く解決するといいな……」

「きっと大丈夫だよ」

真優がにこりと笑い、俺もつられて笑う。

そして俺が先輩の走った方に視線を動かすと、後ろから「やっぱりいいなぁ」と声が聞こえた気がした。

数十分後。

キッチンの奥の方から「本当にごめんねぇぇぇ！」と涙混じりの声が俺たちの耳に届いたのだった。

◇◇◇

雨降って地固まる、とはよく言ったものだ。

仲違《なかたが》いを経て、より二人の絆は強固なものになったのかもしれない。

表情が柔らかく、俺から見ても楽しそうに見える。

まぁ、ベタベタされると目に毒ではあるが……。

「と、いうことで無事にラブラブなカップルに戻ったな」

「新井先輩が一方的にくっついているだけな気もするけどね？」

「そうだな。まぁ残念ながら勉強する暇もなく働く時間が来てしまったが……」

「ふふっ。そうだねぇ。でもあの笑顔を見れたからいいんじゃないかなぁ。真剣に話をするきっくんはかっこよかったよ」

真優はくすりと笑い、二人の様子をなんだか羨ましそうに眺めている。

結局、カップルの観察という目的は果たせなかったが、仲を繋いだと思えばよかったのかもしれない。

俺は、真優の前に二杯目のパフェを置いた。

「今日のお礼だ」

「こんなに食べたら太っちゃうよ？　まさか私を太らせようと……？」

「いやなら下げるが」

「遠慮なくいただくね！」

真優はスプーンでパフェをすくうと美味《おい》しそうに口に運んだ。

「おいしぃ～」と至福の表情で、店に来た時の緊張した様子がなくなって、ひと仕事終えた人みたいにスッキリとした顔をしている。

俺は思わず苦笑して、ことの顚末《てんまつ》を彼女に伝えることにした。

「さっき、着替えついでに裏で聞いたんだが、やっぱり浮気ではなかったらしい」

「だよねぇ。新井先輩が見たのは大方、家族関係ってところかな？」

「おお……正解。さすが、よく見てるな」

「人を見る目はあるつもりだからね。きっくんと同じで真面目そうと思ったんだぁ」

にこりと笑い、満足げな表情をする。

その間にもパフェを食べる手は止まらず、みるみるうちに三分の一まで減った。

そう――真優が言った通り、先輩が目撃した大人の女性は内山先輩の姉だったようだ。

彼女への一年記念のサプライズプレゼントが決まらずに、何度もついてきてもらったらしい。

優柔不断な自分のせいでプレゼントが決まらず、それで何度も一緒にいる姿が目撃されたわけだ。

だから、中々話すことができなくて勘違いを助長させてしまうという……ふたを開けてしまえばそういうことだった。

「さっき、内山先輩が彼女にプレゼントを渡したんだよ。『不安にさせてごめん。これからもお願いします』と言ってね。他の言葉については、まぁ俺が言うことではないかな」

「そっかそっか〜。結果としてサプライズも成功なんだったら良かったたね」

「サプライズ……。それって必要なのか？」

「女の子ってサプライズが好きだし、考えてくれただけで嬉《うれ》しくなるんだよ」

「真優もそうなのか？」

「そりゃあ私も女の子ですから」

にししと笑い、空《から》になった器に向かって「ご馳走様《ちそうさま》でしたぁ」と手を合わせた。

サプライズに気持ちの伝え方か……確かに感謝は大事だよな。

俺もうかうかしてられない……。

頼りになる友人を前にして、俺はそんなことを思っていた。

閑話

SUBTITLE

アルバイトの裏側で

When I told my female best friend who gives love advice, that I got asked out.

「本当に行くの？」

私がゆいなに訊《たず》ねると、自己主張の強い大変腹が立つ胸を張り、愉快そうに笑った。

「うんっ！　インドア派のゆいなはバイト先に来ちゃダメって言われてないからねぇ〜。そこを逆手にとって行ってやるぜ！」

「カッコつけて言うことではないけれど……」

「だから、あずあずは私の付き添い！　無理矢理《むりやり》連れてこられたってことでいいじゃん！」

「……」

「それに、おにぃのバイトが始まる前に行って、来る前に出れば会わないよ！　時間を無駄にしない主義のおにぃのことだから、早めに来ることはないからねー。問題なっしんぐだぜ！」

無駄にキメ顔でゆいなは言ってきて、私はため息をついた。

……色々と不安なんだけど。

彰吾《しょうご》、約束に厳しいから怒らないかなぁ……。

喧嘩《けんか》なんかしたくないけど、知りたいのも事実なのよね……。

このジレンマどうすればいいのよ！　もうっ!!!

私たちは、彰吾の変化の原因を探るべくアルバイト先に来ていた。

「さぁ入るわよ」

「らじゃ～」

店の中に入ると、「いらっしゃいませ～！」と元気よく女性が駆けてきて、満面の笑みで迎えてくれたわけだけど、その恰好《かっこう》を見て私は絶句した。

――黒タイツ⁉⁉

すらっとした綺麗《きれい》な女性、出るところが出ていて制服がとにかく似合う。

「ありゃ？　なんかボクの顔についているかい？」

「い、いえ……なんでもない……です」

動揺しているのが私だけだと思ったら、隣でゆいなも驚愕《きょうがく》の表情を浮かべていた。

「まさかのボクっ子でスタイルがいい……だと？」と、なんか反応はずれているけど。

出鼻をくじかれた私たちは、席に案内されるとメニューを開きながら大きなため息をついた。

「ねぇあずあずー」

「……何よ」

「いきなりラスボスっぽい人現れてね？」

「そうね。中々の衝撃だと思うわ」

「でもまず、ゆいなは文句を言いたい……」

「文句？」

「ボクっ子は髪がショートで貧乳がステータスでしょうが!!!」

「は？」

素で呆《あき》れた声が出てしまった。

たまにというより、いつも思うけど、ゆいなが言ってることが全然分からない……。

まぁそれでも間違いなく、あの人が彰吾を変えた人物で間違いない！

バイト後に変わった態度……。

そして、好みは『黒タイツでふくらはぎ』とまさにドンピシャじゃない。

こんなところで、誑《たぶら》かされてたなんて……負けてられないわ。

「勝つわよ、ゆいな」

「そうだね……俺たちの戦いはこれからだっ！」

「別の台詞《せりふ》にしようか？　なんか縁起悪いから……」

「あいあーい」

「てきとーね……いい、ゆいな？　私がまず話しかけてみるから。敵を知るために情報収集よ」

私は姿勢を正し、店員さんに声をかけることにした。

私が呼ぶと、人懐っこそうな表情で近づいてくる。

「店員さん綺麗で羨ましいです」

「いやいや〜。ボクをナンパかい？　あいにくだけどそんな安い女じゃないよ」

「そんなつもりはないですよ。見たところ大人っぽいですし、大学生でしょうか？」

「そうだよ！　よく分かったねぇ」

まずは学力から勝ってみせる。

私の作戦はこうだ。通っている大学名を聞いて、『私はそこは滑り止めなんですよ〜』とマウントをとって勝ち誇る。

それからは知識の濁流で有無を言わせない展開よ。

私のそんな考えを見透かしているのか、ゆいなはジト目で見てきていた。

「私、学園祭とかで大学の雰囲気見みたいんですよね。どこかオススメはありますか？」

「そうなの〜？　だったらボクの大学に来るかい？」

「それはどこの大学ですか？」

「東大だよん」

「トーダイ？」

「まさかの最高峰だったじゃん。あずあず、どんまい～」

けらけらとゆいなに笑われ、私は肩を落とした。

ってことは、美人で、頭も良くて、スタイルも完璧で……。

なんで天が二物も三物も与えてんのよ！

そんなの不公平じゃない……はぁぁ。

「店員さんはさぞモテるんでしょうねー……ハハハ」

「あー……。一応、ここに彼氏はいるんだよねぇー」

「「え……？」」

そう言われて血の気が引いた。

同時に言いようもない悲しさが込み上げてくる。

ゆいなも苦笑いをしていて、顔がひきつっていた。

……嘘《うそ》よね？

私は涙を我慢して、「羨ましいです。彼氏さんは同じアルバイトですか？」と訊《たず》ねた。

「うん、まぁ……ボクは」

……確定だ。

あーどうしよ。今からでも泣きたい。

お酒を飲める歳《とし》ではないけど、今から飲んで忘れてしまいたい。

「そうでしたか……あの、お幸せに」

「ん……」

「えーっと、どうかしましたか？」

「お客さんに言うことじゃないけど、喧嘩中なんだよぉー」

「……リカ。仕事中だから」

「分かってるって！　じゃあ、ボクがお水持ってくるから可愛《かわい》い子たち待っててねぇ」

他のアルバイトの男性が話しかけたら、急に苛立《いらだ》ったような態度に変わった気がした。

すぐにその店員から離れてゆき、置いていかれた男性が「すいません」と頭を下げて戻っていった。

空気が悪いこの険悪なムードなのに、私とゆいなは目を丸くして顔を見合わせる。

そして、

「「彼氏ってそっちなの!?!?」」

と、同じこと思ったみたい。

あーよかった。付き合っているわけではなかったのね。

私はそっと胸を撫《な》でおろした。

「じゃあ、あずあず。とりあえず何か食べよっか」

「そうね。私はアイスコーヒーでお願い」

「りょーかい。じゃあ、店員さん呼ぶよー」

ゆいながボタンを押して店員さんを呼ぶ。

すぐに来た店員さんに、

「ホットケーキと～……ふわもこパンケーキ、わらび餅、抹茶アイス、ガトーショコラ、ミルクレープに……あ、白玉あんみつも外せないぜ！　そして締めは杏仁豆腐《あんにんどうふ》といこっかなぁ～。それから、アイスコーヒーで！」

「……そんなに食べるの？　夕飯は大丈夫？」

「おやつに決まってるじゃん。甘い物は別腹～」

「あ、そう」

しばらくして机の上に並べられるスイーツの数々。

美味《おい》しそうに食べてゆくけど……見てるだけで、お腹《なか》いっぱいになるわね。

「店長すいません。店の抹茶パフェが好きな友人が、アルバイトに興味があるようで奥のテーブル席を使ってもいいですか？」

私がゆいなを眺めていると、お店の入り口から聞き慣れた声が聞こえてきた。

「ちょっとゆ……彰吾が来たんだけど」

「……これはゆいなも予想外だよ。おにぃは時間厳守で動くのにー……。あれ？　しかも誰かと一緒じゃん？」

「本当ね……」

入り口で店長らしき人と彰吾が話している。

その横にいる人物は小柄で、パーカーを着て帽子を被《かぶ》っていた。

興味深そうに周りを見渡し、一瞬見えた顔は整っていたように見える。

「美少年？」

「まさか……おにぃにそっちの趣味？」

「「それはないか」」

と、結論づけて、私たちは奥から聞こえてくる会話に耳を澄ませた。

店の奥の方に座ってしまったけど、集中すれば会話が聞こえるぐらいの距離である。

幸いなことに客はほとんどいないので、「とりあえず、バイトの仕事内容を教えてくれるかな？」と会話が微《かす》かに聞こえてきた。

アルバイトの紹介でもした感じ……？

けど、雰囲気的に仲が良さそうね……気になる。

同じ学校だったら分かるのに～！

「やぁやぁ彰吾君！　珍しいねぇ～」

あ、さっきのハイスペックの人。

ゆいなが『ボクっ子』って言っていたような……？

「君とボクの仲――」って近いわよ!!

何そのボディータッチは!?!?

私が止めようと思って席を立ち上がると、ゆいなに腕を摑《つか》まれた。

「どおどおどお～」

「私は馬じゃないからっ！」

「ほらぁ。まずは落ち着いて様子見ないとダメじゃん？　想像が豊かなのは構わないけどねー」

「分かってるわよ！」

私は椅子を摑み、食い入るように見る。

けど、すぐにゆいなに腰の辺りを抓《つね》られて座り直させられた。

「あずあずはすぐ周りが見えなくなるんだからぁ。流石《さすが》はイノシシさんって感じー」

「気になるんだから仕方ないでしょ……。ゆいなは気にならないの？」

「気になるに決まってんじゃん。ただ、ゆいなとあずあずの目的は似て非なるってこと」

「また訳が分からないこと言って……」

私ひとりが暴走して馬鹿みたいじゃない。

まぁでもそうね……。

ここは、彰吾のバイト先。

邪魔するのは悪いから、あくまでこっそりとよね。

落ち着いて私――

「――お願いしますっ!!」

声が聞こえ、彰吾の方を見ると一緒に来ていた男の子に手を伸ばすところだった。

「顔が王子様なんだけど⁉⁉」

足を動かしたせいで、テーブルにぶつかりガタンと音が出た。

何、あの優しいイケメン顔!!

普段は不器用なぐらい仏頂面なのに、めっちゃ絵になるじゃない！

これは脳内フォルダに永久保存を……！

「いやぁ。本当にあずあずは残念だよねー」

「何、その目は？　好きな人の姿は焼き付けたいものよ」

「まぁお好きにどうぞー」

ゆいなは彰吾たちの様子なんてそっちのけで、ミルクレープを食べ続ける。

この子……私の奢《おご》りだと遠慮なく食べるのよね。

ほんと、栄養がどこにいって………はい、くたばって。

私は、ふぅと息を吐き、また観察を続けることにした。

しばらく様子を窺《うかが》っていると、彰吾と一緒に来た人は途中でボクっ子大学生に連れていかれて、店の奥へと消えてしまった。

「賑《にぎ》やかな声は微かに聞こえるけど、全然聞こえてこないわね……」

「そうだねぇ～。ちょっとトイレに行くフリをして聞こえるところまで行ってみる～？」

「そうね」

二人で移動すると、奥から声が聞こえてきた。

うん、この位置なら聞こえる……何々？

なんか彰吾に甘えてる声が聞こえない⁉⁉

流石にイラッとするけど必死に我慢をする。

慰めてとか、固いとか……あーもうっ！

どこに顔を近づけてるの⁉

頼《たよ》り甲斐《がい》のある男の子が好き？　あんたは彼氏がいるんだから、そっちに甘えてなさいよ‼

少し文句を言いたい。けど……我慢よ、私。

なんとか堪《こら》えていると、気になる言葉が耳に届いた。

大人の女性にデート？

何の話？

話の続きが気になり、表情を窺うと元気だったボクっ子の顔が暗く、何か後ろ暗い雰囲気を感じた。

声が小さいから上手《うま》く拾えないけど……。

まさか、あのボクっ子と実は浮気とかないわよ……ね？

ハハハ、そんなまさか。

けど……それなら黒タイツの話と辻褄《つじつま》が合う……。

「浮気についてはどう思う？」

「俺は、気にする必要はないと思います」

いやいやいや！　気にしなさいよ‼

っていうか、速攻で関係を断ち切ってよっ！

「浮気は男の文化って言うでしょ？」

「気が多いのは事実です」

認めるなっ！

あ〜しょーごが穢《けが》れてゆくー……。

私は力尽きてその場で項垂《うなだ》れた。

「えーあずあず大丈夫？」

「死んでますー。話しかけないでー」

「生きてんじゃん。起きろー」

私の頭をぺちぺちと叩《たた》いてくる。

鬱陶しい……そう思って顔を上げると、ゆいながいつもみたいな余裕たっぷりな顔で私を見ていた。

「いいから耳を澄ましてさ、おにぃの言葉を聞いてみなよ。全てが杞憂《きゆう》だって分かるからね」

「うん……」

私は言われるがままに、耳を傾ける。

「好きの気持ちはその程度ですか？」と、どこか諭すような声が聞こえてきた。

そこから聞こえてきたのはいつも通りの彼の声。

とても真っすぐで、彼らしい気持ちが語られる。

前から変わっていない、縁を大切にするというのも聞いていて私は嬉《うれ》しくなった。

「馬鹿ねーほんと」

「それがおにぃのいいところだから」

「ふふ、そうね」

私は席に戻り椅子に座り直してから、氷が解けてしまい薄くなったアイスコーヒーを飲む。

そして、彰吾の姿が見えないのを確認して店を出た。

――帰り道。

私はゆいなと並んで歩き、いつになく明るくて茜色《あかねいろ》に染まった空を見上げた。

「喧嘩《けんか》の仲裁だったみたいね。様子を見る限りだと」

「あそこまで泣く声が聞こえればねぇ〜。とりあえずホッとしたかにゃん？」

「何よ、その言い方……。まぁ変わってなくてホッとしたわ。最近の変化は、純粋な成長
もかもしれないし」

「成長ねぇ〜。実は大人の階段登って説もワンチャン？」

「大人の女性に負けないからっ！」

「方法は？」

「それは……」

痛いところを突かれ、私は口ごもった。

絞り出した答えは「経済力でカバーよ」と、身も蓋もない親を頼る気満々な台詞《せりふ》だった。

……分かってるわよ、ゆいな。

だから、そんな残念な人を見る目を向けないで！

第十話

SUBTITLE

ふぁいと〜……おーっ！

When I told my female best friend who gives love advice, that I got asked out.

「日頃の感謝を伝えるには、驚きと感動が必要だと思うんだが……真優《まひろ》はどう思う？」

朝早く登校した俺は、すでに来ていた真優にそう話しかけた。

外からは朝練をする運動部員の元気な声が聞こえてきている。

彼女はテキストから顔を上げると可愛《かわい》らしく小首を傾《かし》げて、何かを察したのか、ペンを置いて話を聞く姿勢をとった。

「何かしたいことができたのかな？」

「ああ。具体的に言うと、サプライズを実施したいと思っている」

これは、先輩の話を聞いて思ったことだ。

最近の俺は少なからず前よりは、二人と向き合えているとは思う。

ただ、それは態度や普段の行動レベルでしかない。

行動や気持ちで伝えることも大事だが、それだけでは足りない。

だから、日頃の感謝を示すためには、目に見えて分かるようにすることも必要だと考えたわけだ。

「ふふっ。いいと思うよ。私は賛成かなぁ」

「それなら良かったよ。気合いを入れてプランを考えたんだ」

「えっ……もう考えたの？」

「早い方がいいだろ？」

「なるほど……。前にも言ったけど考えてくれたってだけでサプライズは嬉《うれ》しいからね？」

「そうだな。それは理解しているよ。だが、やるからには拘《こだわ》りたいと思って」

「えーっと……肩の力を抜いてね？」

真優は不安があるのか、遠慮気味に言ってきた。

俺に対して苦笑いで、心配そうな視線を向けてくる。

いつもの俺なら、意見を求めるところだろうが今回は違う。徹底的に研究をして、今回は真優にプレゼンするつもりで用意してきたんだ。だから自信を持って、「心配は無用だ」と伝えた。

「自信があるんだねぇ。堂々としていて、なよなよとするよりはいいと思うなぁ」

「何か不安があるのか？」

「ん〜。ほら、きっくんって空回りするところがあるでしょ？　だから、大丈夫かなぁーって」

「問題ないよ。色々なパターンを勉強したんだ。そして、不測の事態に備えてプランAからGまではひとまず用意している」

「そうなんだ！　それは凄《すご》いよっ。てっきりノープランかと思ったぁ」

「流石《さすが》に毎回、真優に甘えるわけにはいかないよ。俺だって成長しているからな」

「うんうん。偉いねぇ。ママは成長が見れて嬉しいよ」

「おかげさまで立派な息子になりました」

俺がそう冗談で返すと、彼女はぷぷっと頰《ほお》を膨らませて笑う。

その仕草につられて、俺も「ははっ」と思わず笑ってしまった。

「じゃあ、早速見てもらおうかな。大まかな流れはノートにまとめたんだ」

「ノートも作ったんだ！　どれどれ〜」

「ワールドワイドで研究した俺に死角はないぞ」

真優はノートをペラペラとめくり、中に書いてあることを読んでいる。

俺は、その場所の説明をするために補足することにした。

「フラッシュモブで驚かせようと思うんだ。噴水がある公園の前に来てもらって、びっくり仰天的なイメージでさ」

「………………」

「動画とか見ていると、これしかないと思ったんだ。みんなに混ざって踊りを披露して、最後にプレゼントを渡す。普通に渡してもいいが、できれば動物に持ってきてもらう……。まぁただ、動物の訓練は難しいから、近くで貝を焼いて、貝が開いたらアクセサリーが登場なんていうのも洒落《しゃれ》ているかもしれない」

「それは……プランのどれかな？」

「動物はAの話だな。貝の話はBで、他は綿飴《わたあめ》とか遊園地のパターンもある」

「ふむふむ」

「唯一無二だろ？」

真優は俺の説明を聞きながら準備してきたノートの隅々まで目を通してゆく。

彼女が真剣に読んでいる間に、俺は今日のために用意した風船を準備する。

ただ、その様子に気づいたらしく疑うような視線を向けてきた。

「きっくんは、何しているのかな？」

「真優に用意したのがあるんだが、受け取ってもらえるか？」

「もしかして、サプライズ!?　えへへ、だったら嬉しいなぁ」

「ああ、そんな感じだ」

嬉しそうにしてくれる彼女を見ると、恥ずかしさよりも嬉しさが湧いてくる。

真優は風船を受け取ると、それを眺めてウキウキしているようだった。

「これをどうすればいいのかなぁ？」

「まぁなんだ。ちょっと風船を割ってみてくれるか？」

「ええ⁉　ここで……？」

「勿論《もちろん》だ」

「分かったよ……」

真優はシャーペンを取り出して、恐る恐る風船に突き刺した。

風船はバンッと大きな音を立てて割れ、「ひゃい」と短い悲鳴が聞こえた。

そして、中からさっきより小さめな風船が出てくる。

大きな音に驚いた真優が、こちらを向いてくるので、

「また割ってくれ」

「まだあるの⁉」

「ああ、もう少しだ」

「え、えー……」

渋々といった様子で割り続けて、ようやく小さくなった風船を割ると中から『いつもありがとう』という、俺のメッセージが出てきた。

真優は目を丸くして、それから嬉しそうにその紙を受け取る。

そして、

「流石に割らせすぎじゃない⁉」

と、ツッコミを入れてきた。

「マトリョーシカ風船でプレゼントはエモいと思ったんだが……」

「うーん……発想は悪くないよ。メッセージも嬉しいし……。けど、なんか感情が複雑だよ～！　違うドキドキの方が勝っちゃうし」

「ドキドキの相乗効果を狙ったがダメだったか。他にも案はあるんだよ」

「心配だから、もう少し読むよ……」

真優はため息をつき、途中だったノートを読んでゆく。

全て読み終えると、ノートを閉じて俺の顔をジーッと見つめてきた。

その目は何か言いたげだが、どこか心配そうな色を浮かべていた。

「……疲れているよね？　考えが斜め下になってるし……」

「いつも通りだと思うんだが……。今日もメ○シャキを飲んで元気だぞ」

「それは空元気って言うんだよっ！　もうっ、最近はちゃんと寝てるの？」

「問題ないよ」

「私が聞いたのは、ちゃんと寝てるか寝てないかだよー？　しっかりと答えて」

「……睡眠時間は少ないが問題はない」

「ほらぁー。やっぱり少ないんだね。ダメだよー」

「仕方ないんだよ。今までの遅れを取り戻すために、足りないこと考えて……学んでいかないといけないんだから」

俺がそう言うと、真優は「そっかぁ」と困ったような顔をした。

けど、仕方ないんだよな。

今までは、勉強や自分磨きに時間を費やしていた。

そのせいで色々なことが後回しで、随分と二人に悪かったと思う。

実際、行動を見つめ直してからは良くなったことが多い。

二人が競っているような雰囲気は変わらないが、どこか賑やかで……俺自身も楽しいと思えることが増えた。

この生活は大切にしたいし、笑顔を守っていきたいと前よりも強く考えるようになっている。

しかし——だからといって、研鑽《けんさん》する時間を減らすべきではない。

それでは本末転倒だ。将来のために頑張ろうとしていた今までを否定することになる。

全てをやり遂げる……そう決めたのであれば、守らないといけない。

そうなると必然的に、削るのは俺にとって気合いでどうにかなる部分というわけだ。

俺が考えを巡らせていると真優が、

「ひとつ提案なんだけどいいかな？」

と、いつも通りのにこにことした表情で言ってきた。

「提案ってサプライズのことか？」

「うん！　費用的なことと時間を考えるとフラッシュモブは難しいと思うの。だから、プレゼントを用意することに専念しない？」

「盛大にやらなくていいのか？」

「準備が難しいからね。それに感謝を伝えるなら、二人が好きそうなものをきっくん自身が選んでみようよ。背伸びした高価なものじゃなくて」

「好きそうなものか……。サプライズでプレゼントを渡すとなると、好みは聞き出せないな」

「難しく考えないでね？　直感でこれがいいな〜っていうのを選ぶのがいいんじゃないかなぁ」

直感……。今までの自分を考えると自信がない。

というか、盛大にやらかしてしまいそうだ。

そんなことを考えていると、真優が少し遠慮気味に名前を呼んできた。

「どうかしたか？」

「あのね。これはあくまで親友としての提案なんだけど……」

「提案？」

「良かったら……私も一緒に行っていい？　プレゼント選びに……」

「それはかなり有難いけど、いいのか？」

「うん。あくまで保険ってことで……どうかな？」

自分の時間もあるはずなのにな……。その優しさが本当に身に染みるよ。

これを断るなんて選択肢はない。

素直に彼女の提案が嬉《うれ》しいし、心強い。

まぁ頼りっぱなしなのは……情けないが……。

「いつも悪い。ありがとう」

「じゃあ、いいのを選ぼうね！　……やったぁ」

真優は明るく笑って、くったくのない様子で言ってきた。

◇◇◇

休日となり、真優と約束した日となった。

普段はアルバイト八時間のコースなのだが、今日はシフトを短めにしてもらうことで時間を捻出している。

だから、梓《あずさ》とゆいなの二人に何か追及されることなく外出することができた。

『買い物してから、バイトに言ってくる』と言って早めに出てきたが……。

特に違和感は感じていないようだったな。バイト前に参考書を買いに行くこともあったから、そう思ったんだろう。

待ち合わせ場所は、バイト先の駅から五駅離れたところにある、大型のショッピングモールだ。

そこに到着して俺は、時間まで待とうかな……なんてことをぼんやり考えていると、待ち合わせ場所に真優がもう待っていた。

空を眺めて、ぼーっとしているようである。

って……早くないか？

待たせるのは悪いと思って一時間前に来たんだが……まさか、こちらが待たせる結果になるとは。

俺の姿に気が付いた彼女は、遠慮気味にこちらに手を振ってきた。

「悪い、待たせて」

「きっくんのことだから一時間前には来るかなぁって思っただけだから。ふふっ大正解だったね」

くすりと笑う彼女は、前にバイト先へ一緒に行った時のような服装が男に見える要素はなかった。それどころか、普段は制服をキチンと着こなしてタイツをはくという肌の露出がないような彼女なのに、今日は肩が出ていて大人っぽい雰囲気……そして、髪形もいつもと違っていた。

……これがギャップというやつなのか？

た、確か、ハーフアップって言うんだったよな……？

そんな妹から言われた知識を思い出しながら、俺は緊張を誤魔化《ごまか》そうとする。

だが、俺が目を逸《そ》らしたのが気になったのか、真優が覗《のぞ》き込むようにして見てきた。

「きっくんどうしたの？　急に黙っちゃって」

「いや……別に」

「それ、何かある時の反応じゃないかな？　気になったことは言わないと毒だよー」

「そう……だな。その、なんだ……真優はそういう格好が好きなのか？」

「あ、これは違うの！　私の趣味というか、お姉ちゃんが無理矢理《むりやり》着てくように言ってきて、私はもっと違う格好が良かったんだけど……地味なやつとか」

「地味？」

「ほら、服って着てみたい服と自分に似合うのって別でしょ？　だから私にはひらひらな服とか、可愛《かわい》いものは似合わないかなーって」

「なるほど、そういう理由でか。じゃあ、問題なく真優は似合っているよ。不覚にも言葉を失うほどだった」

「あ、ありがとう……。ストレートすぎるよぉ……」

俺がありのままを伝えたら、真優は頰《ほお》をほんのりと赤くさせて声が小さくなった。

そんな彼女を見ていたら、何故《なぜ》か慌て出して早口で、

「そ、そんなことより！　きっくんはお洒落《しゃれ》だねっ」

と、言ってきた。

「そうか？」

「うんっ！　私服姿は初めて見たけど、似合っていると思うよ」

「センスがいいならこれは梓のお陰だな」

「そうなの？」

「いつもこういうのを着させられるんだよ。俺は今でもジャージで十分と思っているし、自分のセンスは皆無だしな」

「あははっ！　じゃあ感謝しないとね」

「だな」

梓から服を渡されて、着せ替え人形のように色々な服を交換することがある。

そのお陰か、彼女が選んでいた組み合わせはしっかりと記憶していた。

だから俺にセンスがあるわけではなく、褒められているとしたらそれは梓のセンスだ。

所詮、俺は再現しているだけで、服屋に行って自分で選ぶなんてことはできない。

「さて、選びに行こうか。大体の目星はつけてきてるんだ」

「流石《さすが》、下調べはバッチリなんだね」

「そこは抜かりない。ただ、おかしかったら言ってくれ」

「うん。そこは任せてよ」

頼もしい親友を連れて店を回る。

なんとなく買うものは考えてきたが、商品を見て他にピンと来るものがあればそれも買うつもりだった。

と、言ってもすぐにはそんなものは見つからなかった。

いくつかの店を見て回り、今は学生に人気の小物が売っているお店に入り、商品を眺めながら探している。

「……物が溢《あふ》れてるけど、こういうのもいいかもな」

ちょっとした置物から、髪留め、本棚と様々な雑貨が揃《そろ》っていて見ているだけでもなんだか楽しい気分だ。

真優も気になるのか、良さそうなのを見つけては手にとり目を輝かせていたりしていた。

だが、買うつもりはないらしく、見終わると商品を元あった場所に置いていてっていう作業を繰り返している。

「何か買ったりしないのか？」

「物欲がそんなにないから、気分が向いたらかなぁ。それよりもきっくんはいいの見つかった？」

「決めているものはあるんだが、それとは別のもあげたくて……それが、難しいんだよなぁ。ちなみに二人に同じものあげたら怒ると思うか？」

「怒るというよりは、微妙な雰囲気になるかな？　自分だけが特別となる方がいいと思うよ」

「特別ね。確かにそういう言葉って弱い気がするな」

期間限定商品とか、特典とか……世の中は人を誘うような、謳《うた》い文句《もんく》が多い。

それは、俺も納得だ。

「同じのを渡すとしたら、あなただけに～とか、君だけは特別だよ……みたいなことを言えばなんでも特別にはなるけどね。それぞれにその台詞《せりふ》を言って渡せば一応は、解決するよ？」

「根本的な解決になってなくないか？　寧《むし》ろ、修羅場が発生しそうな気配が……」

「罪な男だね？」

「その言い方は語弊があるからやめろー」

そんな冗談を言い合いながら、次に大量に置いてあるヘアゴムや髪留めのコーナーを見た。

蟹挟《かにばさ》みのような大きなピンまで、髪に付けるタイプのものが様々ある。

「んー……梓はこれにしようかな。ゆいなのは、これが良さそうだ」

「決まったの？」

「ああ。これとか梓とは思い出のやつなんだ」

「そうなんだね。うんうん。そういうのは大事だと思うよ」

「真優も良かったら、何か買ってみないか？」

「そうだね、せっかくだから……」

真優は鏡に映る自分を見て固まってしまった。

それから、慌てたように頭頂部を押さえる。

「か、髪が変に跳ねてる⁉」

「あ〜変なアホ毛みたいになってるな。気にしなくても――」

「ちょ、ちょっとお手洗いで直してくるねーっ」

真優はそう言って、トイレに向かってしまった。

あそこまで恥ずかしがる必要はないと思うけど、俺が知らないだけで髪型を気にするタイプだったのか？

まぁ、とりあえず、

「今の内に買うか……それから、これも」

俺は商品をかごに入れて店員さんに渡した。

良い買い物ができたな。

後は二人が好きそうなものをもう一点ずつ、他のお店で買うことにしよう。


——買い物を終えて数分後。

「ごめんねぇ。なかなか綺麗《きれい》にならなくて……あはは、恥ずかしい」

店の前で待っていると真優がやってきて、申し訳なさそうに両手を顔の前で合わせた。

「全然、問題ないよ。ただ、今度から真優の髪型を崩さないように細心の注意を払うようにする。とにかく不用意に触らないように……撫《な》でるとかはNGだな」

「え、いや、そこまで気にしなくていいよ？」

「そうなのか？」

「今日は外で特別な日で……」

「特別？」

「……女の子は綺麗でいたいと思うものなの。特に……」

「特に？」

「あ、これも違ったぁ……と、とにかく何でもないよ！　気の迷い的な感じ！」

俺は首を傾《かし》げた。

動揺するなんて珍しいが……。

まぁこれは詮索しない方がいいだろう。

トマトみたいに真っ赤だしな。

「そ、それよりもいいのが買えたみたいだね」

「ああ。おかげさまで」

「今回、私は何にもしてないよ。それよりもちょっと外に出ない？」

「いいけど、また髪が乱れるぞ？」

「それはもういいからっ！　外なら風にやられたという言い訳もできる！」

よく分からない理由を言って、真優はショッピングモール横にある広場に俺を連れ出した。

……眩《まぶ》しいな。

俺は手を太陽にかざして、目を細める。

辺りを見渡すと休日ということもあり多くの人がいて、公園の真ん中にある大きな池では釣りをしている人もいた。

「外は気持ちがいいね～」

「日向《ひなた》ぼっこしたら、寝てしまいそうな陽気だな」

「ふふっ。そうだね～。あ！　今、池で魚が跳ねたよ!!」

真優の興奮を吹き冷まそうとするように風が吹き、なびいた髪が目にかかる。

どかしてもまた目にかかるので、口元がむすっと不機嫌そうに曲がった。

「ぅぅ……風が強いね」

「ちょっと出てきたな。けど、ちょうどいいか」

「風がちょうどいいのかな？　私からしたら厄介で……」

「違う。ほら、これだよ」

俺はそう言い、さっき買ったものの中から取り出し、それを真優の手に置いた。

彼女は手に置かれたものを見つめ、なんでと言いたげな戸惑った様子をみせる。

そして、ご主人の帰りを迎えに出てきた猫がきょとんと見上げるように、俺に目を向けてきた。

「あの、これって……ヘアゴムに髪留め？」

「見ての通りだよ。ほら、真優って髪を結ぶのに使ったりしてるしな。感謝の気持ちはしっかりと伝えないと……ちょっとしたサプライズってことで」

俺が渡したのは可愛《かわい》らしいリボン風のヘアゴムだ。

お手洗いに行っている間にこっそりと買ったものである。

真優は俺からもらったものをじっと眺め、その大きな目を何度も瞬《まばた》かせた。

「私にも……いいのかな？」

「もちろん」

「あ、これって私が見てたのだよね。気が付いてたの？」

「………」

「えっと、違うのかな？」

「……真優。こういう時は黙って受け取ってくれ……」

察しが良すぎるのも考えものだな……恥ずかしさで苦笑いしか出ない。

まぁでも、手に乗せたまま嬉《うれ》しそうにしているから、渡したことは良かったみたいだ。

「じゃあせっかくなので着けてみるね………えっと、これでいいかな」

「鏡もないのによくできるなぁ」

「毎日のようにやってますから〜。それで……どう？」

「うん？」

「……似合ってるかなぁって」

「おう、いい感じ」

「やったね。えへへ〜」

真優は嬉しそうに口元を綻ばせた。

その表情には、ハッとする魅力があり、つい見惚《みと》れてしまうぐらいの笑顔だった。

……不覚だ。

不覚にも、かなりドキッとしてしまった……。

俺は口を押さえて、こちらを意識の外にした彼女の傍らに並び立ち、表情を見られないように前だけを見つめるようにする。

だけど、そんな俺の努力も空《むな》しく、

「きっくん。少しだけ時間をもらっていいかな？」

正面に回り込んできた彼女は表情を確認すると、返事を聞かずに池近くのベンチのところまで俺の手を引いていった。

腰を下ろしたベンチを日の光から隠すように、大きな木が近くで立っていて、絶妙に心地のいい風が吹いている。

そして、風に乗って一枚の葉がひらひらと落ちてきて真優の頭に着地した。

「ぷっ」と、俺は思わず噴き出してしまう。

真優は急に笑われて、不思議そうな顔をした。

「ん？　何かじーっとこっちを見てるけど、どうしたの……？　もしかして頭に何かついてる⁉　ち、ちょっと待って！」

「とりあえず動かないで」

「う、うん。ありがとね……」

俺は彼女の頭に乗った葉っぱを取り、下に落とす。

真優は自分の頭を触り、何もないのを確認すると恥ずかしそうに曖昧な笑みを浮かべた。

俺はベンチの背に体を預けて、ふぅと息を吐く。

そして、横に座る真優に目的を訊《たず》ねることにした。

「ここで何をするんだ？」

「えっとね。色々と考えをまとめたい時って、自然の中に意識を溶かすといいんだよ」

「どういう意味？」

「そうだなぁ。気持ちを一度クリアにして、頭を働かせやすくすること……って言えば分かりやすいかな？」

「なるほど。確かにそれはいいかもしれない」

「でしょ？　じゃあ早速だけど目を閉じて」

真優は俺の手を握り、優しい声で語りかけてきた。

「いい？」

「…………」

「すぅーっと大きく息を吸い込んでね。それをゆ～っくりと吐くの。何度も繰り返して、耳を澄ましてじーっとしててごらん」

俺は言われた通りに目を閉じて、周りの音を聞くことにした。

――風に揺られて聞こえてくる葉が擦《こす》れる音。

それが聞こえる度に、俺の体をすーっと風が包み込んでくれる。

自然の中にいるお陰か、心が静まり……ずっと留《とど》まりたくなってしまう。

目を閉じると、そんな感覚がしてきた。

大きく息を吐き、目を開けて彼女を見る。

「どお？　息とともに少しは力が抜けないかな？」

「ああ………風が気持ちいいな」

「こういうのもいいよね。私は結構好きなんだぁ」

「けど、こうやって目を閉じて心地よさに身を委ねていると……んっ」

俺は欠伸《あくび》をしそうになり、口を押さえた。

それを見た真優は微笑《ほほえ》み、頰《ほお》をつんと優しく突《つつ》いてくる。

「寝てもいいんだよ？」

「寝ないよ。いい感じに気持ちいいから欠伸が出ただけで………ふわぁ」

「ふふっ。大きな欠伸だねぇ」

真優は自分の肩を叩《たた》き、「貸すよ？」と自信なさげに小首を傾《かし》げてそう言った。

ポンポンと叩き、寝るようにと促してくる。

「まさかと思うが、寝ろってことか？」

「うんっ」

「……マジで言ってる？」

「気にしなくていいから使ってね」

躊躇《ちゅうちょ》していた俺の腕をやや強引に引っ張り、自らの肩に乗せる。

香水とは違った良い匂いが俺の鼻孔をくすぐり、何とも言えない緊張感が走った。

「昼寝には最高のシチュエーションだと思わない？　だから、遠慮しないで寝ていいよ」

「……けど、流石《さすが》に」

「本気で寝てなんて言ってないよ。ただ、気持ちのリセットのために少しだけ」

「少しだけだからな？」

「うんうん。ほんの少しだけ。大丈夫、ちゃんとすぐに起こしてあげるからね？」

人差し指を口に当てて笑う彼女は、いつもより妖艶に見えた。

最近、睡眠不足で疲れていたのだろう。

思考が鈍くなって俺は言われるがままに、気持ちのよい風と感触に身を委ねる。

すぐには寝られないだろうなと思っていたが……俺は、簡単に意識を手放してしまった。

◇◇◇

微睡の中で微《かす》かな声が聞こえてきた気がした。

けど、今ある温かい感覚から離れたくない。

そんな本能的なものに……任せたくなってきてしまう。

「さぁ起きて。そろそろ起きないと遅刻しちゃうよー？」

遅刻という単語が聞こえ、俺は反射的に飛び起きた。

「わ、悪い。寝てたみたいだ。重くなかったか……？」

「ううん。気にしないで。全然大丈夫だったよ。それよりも、そろそろ時間だねぇ」

「時間……」

俺は恐る恐るスマホを見る。

すると、バイトの一時間前になっていた。

どうりで日差しが弱くなっているわけだ……。

その前に、いくら何でも寝すぎだろ、俺。

慌てる俺の横から、くすっと笑う声が聞こえて顔を向けると真優がこちらを見ていた。

「どう？　寝たからスッキリしたかな？」

「それはもう……だが、全然少しじゃなくないか？」

「あはは。うっかりしてたね～」

悪びれる様子もなく、寧《むし》ろ何かを成功させたような態度で俺は察した。

ああ、そういうことか。

「最初から寝させるつもりだった？」

俺がそう聞くと真優は、「ごめんね」と言ってきた。

普通だったら、『騙《だま》したな！』って言うところかもしれないが、自分の今の体調が彼女を責めるような選択肢を考えさせないようにしている。

それどころか、感謝するべきだと訴えているようだ。

そう思えるぐらい、重かった体が嘘《うそ》みたいである。

「気を遣わせたな……昼寝がここまで効果的なんて。でも、話してくれても良かったんじゃないか？」

「きっくんに理解させるには、実践することが一番だと思うの。寝るように言っても『大丈夫だ』とか言って、絶対に無理しちゃうし」

「アハハ……よくお分かりで」

「頑張ることは確かに偉いし、立派なことだと思う。自分の苦手としていたことに向き合うのは、簡単にできることではないから」

「ちょっとやりすぎたか……」

「ちょっとじゃないよ。流石に心配になっちゃうぐらい、身を削ってたでしょ？」

「いや、そこまでではないし。まだ全然いけるぐらい……」

「いける？」

「ああ、割と元気だったし」

俺の言葉に真優の額に青筋が浮かんだ気がした。

不満そうに頬を膨らませて俺を真っすぐに見つめてくる。

大きく息を吸い込むと身を寄せてきて、

「頑張ることで色々なことを我慢するのは違うからね？　我慢は美徳じゃないし、不用意な我慢は毒でしかないよ。だから、休息が必要なんだよ。張り詰めた糸は古くなって、ちょっとした衝撃で切れるけど、大事に手入れしたのは、長く使えるの。休むことでまた頑張れるようになるんだから、もうちょっと自分を大事にして」

と、まくし立ててきた。

言いたいことが溜《た》まっていたのだろう。

いつもの彼女からは信じられないぐらい早口で話してくるから、俺は反射的に「すまん……」と謝る言葉しか出てこなかった。

「本当に心配してたんだよ？　いつ倒れるかと思ったら気が気じゃなかったし」

「弁解の余地もありません」

「本当だよ！　でも、今なら冷静な判断ができるんじゃないかな？」

「冷静な判断？」

「うん。少しは落ち着いて、今後のことを整理できると思うよ」

俺は思考を巡らせて、好意というものを考えてゆく。

どちらがより大事で、どちらがより一緒にいたいのかを……。

けど、そんなことをいくら考えたところで出てこない。

何故《なぜ》なら――

「難しいな。俺にとって二人は大事だから……」

決めないといけないのに、俺にとって二人は時間を共有してきた家族のような存在だ。

けど、いつまでも保留にしていてはいけないのも分かっている。

俺の中に焦りが生まれ、手に力が入ってくると真優が俺のわき腹を小突いてきた。

「痛っ。急だと驚くだろ」

「ごめんね。でも、焦って考えたらダメだよ？　急《せ》いては事を仕損じるって言うんだから」

「だが、遅くなると好意を寄せてくる二人に不誠実じゃないか？　これまで散々待たせている。流石にこれ以上は……」

「結論を無理に出さない方がいいと……私は思うかな」

「それは……ダメだと思うが」

「簡単には決められないでしょ？　大事にしていた人に優劣をつけるなんて、私の知っているきっくんは悩んじゃうことだと思う」

真優に言われた通りだった。

恋愛というものを、恋というものを考えれば考えるほど残酷なことが見えてくる。

それは、アニメやドラマと何も変わらない。

――ひとりを決めるというものだ。

選ばれなかった人は泣き、選ばれた人は笑う。

物語ではそこで終わりだが、本当はその先の方が長い。

選ばれた人が幸せなのか？　選ばれなかった人は不幸なのか？

その後、みんなの関係はどうなったのか？

そこが最後まで描かれることはない。

きっと、そこには面白いものなんてなく、あるのは悲しい現実だ。

俺は、過去に置いていかれた側だ。

親に二度置いていかれて、そして苦しんでいる人を傍らで見てきている。

だからこそ、俺は自分の選択で誰かを置いていくことを恐れていた。

……情けない話だが。

「だからね。全部伝えてみたら？」

「……全部？」

「自分の気持ち、自分の考え。そして、どうして過ごしていきたいのかを……。ちゃんと伝えれば分かってくれるよ。でも中途半端に伝えないでね？　勘違いやすれ違いが生まれちゃうから」

優しく諭すように言ってくる。

ちゃんと伝えるか……。

当たり前のことに聞こえるけど、俺はできていなかった。

自分の考えや気持ち、どうしてそういうことに至ったのか……言ったことはない。

言うべきではないって勝手に思っていた。

けど、言わなければ伝わらない。相手からしたら知らないから理解できないし、只々《ただただ》不安になるだけだ。

本当に大事にしたい関係なら、心を通わすことが必要になる。

相手を理解したいなら、自分も伝えるための努力をしなければならない。

そんな当たり前のこと、馬鹿だな……俺。

これでは、向き合っているなんて言えないじゃないか。

しっかりと、今の思いを伝えよう二人に……。

俺は、天を仰ぎ大きく息を吐いた。

「まとまったみたいだね？」

「ありがとう。お陰でやるべきことが見えたよ。今度、二人に伝える」

「頑張ってね。応援しかできないけど……」

「十分助かってるよ。俺ひとりでは何もできなかった。ただ、ちょっと緊張はするけどな」

「気持ちを伝えることってすっごく勇気がいるからね」

「なんか初めての感覚だよ」

「じゃあ緊張した時は、思い出して」

真優は俺の手の上に自分の手を重ねて、微笑を浮かべた。

それから手の甲に人差し指で、ゆっくり星を描いてからちょんと突く。

少しくすぐったいが、そのお陰で力んでいたものが抜けたようだ。

「ふぁいと〜……おーっ！」

少し照れながら天に向かって拳を突き出し、元気づけようとしてくれる彼女の姿。

見ているだけで、俺の気持ちはどこか晴れやかなものになっていた。

……今日はいい日だった。ありがとう。

俺は、ひそかに心の中でお礼を言った。

第十一話

SUBTITLE

これが俺の結論

When I told my female best friend who gives love advice, that I got asked out.

「真っすぐな気持ちは時に困難を打破する力となる」

真優《まひろ》との買い物の次の日。

いつものように家に集まっている二人に向かって、そう話を振った。

「ゆいな。そこにいると掃除できないんだけどー?」

「ごめんちゃーい。すぐにどくねぇ」

「あーもう……転がって移動しないの! だらしないんだから、もう少しきびきびしてよ」

「オカンめんごろ〜」

「オカンじゃないって!」

「……俺の言葉は華麗にスルーなんだな」

俺はため息をつき、肩を落とす。

決意を伝えるための前振りだったんだが……梓《あずさ》とゆいなは無関心のようだ。

なんか言ってる。ぐらいで聞き流したかもしれないが、割と傷つくな……。

けど、これくらいで挫《くじ》けてはいられない。

今日は——言うことがあるんだから。

「なぁ。今日は二人に渡したいものがあるんだ」

俺はそう言って紙袋を持ってくる。

二人は想像もしていなかったのか、俺の行動をきょとんとして見ていた。

プレゼントなんてあげたことがなかったから、その反応は仕方ない。

今までの俺が情けない限りだよ……。

「まずは、これを受けとってほしい。好きじゃないものかもしれないが、俺なりに考えてみたんだ」

そう言って、梓とゆいなの前にマグカップを置いた。

三人それぞれが使えるように用意したものだ。

シンプルな見た目だけど、それぞれに色がついている。

「ありがと……」

「嬉《うれ》しいなぁ〜。さんきゅ〜おにぃ」

ゆいなはキラキラと目を輝かせてマグカップを眺めている。

対して梓は、テーブルに肘をつき不満そうに俺から顔を逸《そ》らした。

だが、彼女の耳は赤く染まっていて、どうやら喜んでくれているのは間違いないみたい

A
Y

だ。

　相変わらず素直じゃないな。

　そう思うと、思わず笑みが零《こぼ》れた。

「後は、それぞれに渡すものがあるんだが……梓？」

「何よ」

　俺が呼ぶと彼女はこちらを向いた。

　何故か正座をしていて、手には力が入っているようである。

　表情が硬く見えるのも、俺と同じで緊張しているんだろう。

「……梓。いつも家のことをありがとう。家事って難しいんだな。やってみるまで分からなかったよ」

「べ、別に。好きでやってることだから……」

「俺は感謝してるんだ。こうやって楽しく過ごせるのも、梓が力になってくれているお陰だから」

「そ、それなら……いいけど」

「だから、これを受け取ってほしい」

　俺はそう言って、梓の前に髪留めを置いた。

「この花って……マリーゴールド？」

「ああ。ほら、俺たちのキッカケだろ」

「覚えてたんだ……」

「忘れないだろ、普通」

「そうよね……。ふふ、忘れてなかったんだ」

頰《ほお》を紅潮させた梓は、髪留めを嬉しそうに胸に抱いた。

いつもはツンとしているのに、表情は緩みきっている。

「あ〜、あずあずがデレてる〜」

「ゆいな、うっさいわよ!!　大切に使ってあげるんだからねっ」

梓は、ふんと鼻を鳴らして再び不機嫌そうに座り直した。

……喜んでくれてよかったな。

喜ぶ彼女を見て俺はそっと胸を撫《な》でおろす。

すると、今度は「ねぇねぇ〜ゆいなのはー？」と、言って袖を引っ張ってきた。

期待するような、甘えるような、保護欲をかきたてるような視線を向けてくる。

俺はもう一つの包みを出して、彼女に手渡した。

「うわぁ〜！　ロ○ヨンのスマ○ラだぁ〜」

「前に欲しいって言っていただろ？」

「うんっ！　けど、ひとりでやるのはびみょーなんだよねぇ」

「それについては問題ないよ」

「ってことは、もしかして……？」

「もちろん。一緒にやろうな」

「本当に⁉　ちょー嬉しぃ〜」

ゆいなは、無邪気にぴょんぴょんと跳ねて喜んだ。

そしてすぐにゲームの準備を始めて、ソフトにふぅーと息を吹きかけて起動させた。

「ちゃんと動いたぁ〜！　おにぃ、早速だけどデュエルしようぜ！」

「分かった分かった。けど、もうちょっとだけ待ってほしい」

「んん？　何か他にあるの〜？　今から勉強とか⁇」

「違うよ。今日は、二人に大事な話があるんだ。とても大事な話」

俺は二人にそう切り出した。

だが、何のことか想像つかないのか首を傾《かし》げて不思議そうな顔をしている。

ようやく口を開いたかと思えば、ゆいながニヤリと笑って本気にはしていないようである。

「ん〜？　おにぃが唐突なのはいつものことだけどぉ。まさか、告白の返事？」

「ああ」

「うんうん。おにぃに限ってそんなわけないよね——って、うえぇ⁉⁉」

ゆいなは驚いて飛び上がった。

それほど信じられないのだろう。目を丸くして何度も瞬《まばた》きをしていた。

梓は、口をパクパクさせてまるで魚みたいになっている。

二人して顔を見合わせると、互いに頬を引っ張って「夢じゃない」と呟《つぶや》いた。

流石《さすが》にそこまで期待されていないと、悲しくなってくる。

まぁ、今までのことを考えれば、俺から話を振ってくるなんて思いもしないよな……。

「今まで考えないようにしてた。親の身勝手な離婚を見て、男女の交際について懐疑的で、誰かを不幸にすることはしたくないって……。親みたいに感情のまま動いて、人に迷惑をかけるのは御免だったから。誰かと付き合う……結婚することは、自分たちの幸せに見えるかもしれない。けど、その裏には色々な人がいるんだ。友人や親族、生れていたら子供も……そして、選ばれなかった人がいる」

俺の話に二人は、黙って耳を傾けている。

目を離さずに、じっと見つめてくれていた。

「置いていかれる苦しみは痛いほど分かる。二度の離婚で俺には本当の親がいない。もう時間は経《た》ったけど、子供の頃に感じた喪失感や絶望感は忘れることがなかった」

無気力になった時もあった。

荒れていた時もあった。

思い出すだけで、かなり酷《ひど》い心理状態だったと思う。

「そんな時に出会ったのが、今いる大切にしたいと思える人たちだ。梓とゆいな……それから、他にも」

「……他？」

「俺が大切に思うのは、ひとりじゃないってことだよ。救ってくれた人には恩返しをしたいし、幸せにしてくれた分……今度は幸せにしたいと思ってるんだ」

俺の考えに二人は神妙な顔で、「全員なんて無理じゃない？」と言ってきた。

そのごもっともな意見に俺は小さく頷《うなず》き、自分の決意を伝えようと強い意志で二人に視線を向けた。

「だから、俺は考えたんだ。自分の理想を体現する方法を」

「…………」

「色々なことを勉強をして、自分なりの考えをまとめてゆき…………今回、結論を出したんだ」

「彰吾《しょうご》……それはどんな結論なの？」

「二人に喧嘩《けんか》してほしくはない。俺にとって二人は大事だ。自分が辛《つら》くて気持ち的にも落ち込んでいた時に傍にいてくれたから、立ち直れたと思う。願わくば、これからも変わらず仲良くしたい」

「じゃあ、誰とも付き合わないということ？」

梓の表情が曇り、上目遣いで見つめてきた。

俺は首を振り、「そのつもりはない」と言う。

「今すぐにではないが、いずれは大切な家族を作りたいと思っている」

「家族って？」

「ああ。だから、とりあえず付き合うみたいなことは考えていない。お試しでなんてことは不誠実だと思うからな。けど、向けられた好意には向き合っていきたい」

「でも、おにぃ。好意はひとつとは限らないよ？」

「分かってるよ、それは……」

「本当にぃ？　あっちこっちに尻尾を振って、女の子に寄っていったら……バッドエンド直行で、人生沈没って感じになるけどぉ」

「確かに、その通りだな。間違いないよ……」

ゆいなが言ってくることに俺は頷いた。

俺が見た作品の中で、そういう結末を迎えたものもあった。

けどそれは、好意に向き合わず優柔不断で欲に偏りすぎた結果だ。

だからこそ、俺はそうならないことを考えた。

家だというのに空気が冷たく、張りつめているような気がする。

……ハッキリと言わないとな。

俺は自分の手の甲を見て、ふぅと息を吐いた。

不思議だ……。あの日を思い出すと、気持ちが落ち着いてくる。

考えるとなんだかくすぐったくて、温かくなるな。

そして、勇気も湧いてくるようだ。

拳を強く握り、不安そうにする二人に交互に視線を送って、

「俺はちゃんと恋愛がしたい！　向けられた好意と同じくらい好きって言えるぐらいに」

と、自分の考えを高らかに宣言した。

「好意に向き合う中、感情を通わせるのがこんなに自分を温かくしてくれると思わなかった。梓の尽くしてくれる優しさ、それにゆいなと過ごす楽しさ。それはかけがえのないものので大事なことだ。正直、ドキッとする時もある……」

意識すると見えてこなかったことが見えてくる。

二人の気持ちが家族に向けるもの以上だということに……。

それは嬉しいし、本当にありがたいことだ。

だからこそ――

「……今は時間が欲しい」

「時間？」

「俺の長年の考えを変えるための時間だ。迷うんじゃなく自信を持って大好きだって言いたいから」

「だ、大好きって……」

「ああ。今まで家族同然だと思って接してきたから、まだ俺には分からないことが多い。だからこそ、二人をもっと、家族以上に知りたいんだよ」

「……それが、彰吾の今の気持ちなのね」

「悪い、こんな俺で」

俺が返事をすると梓とゆいなは顔を見合わせる。

それから、「しょうがないな」と肩をすくめてみせた。

「ほんと、真面目で馬鹿ねー」

「馬鹿って俺は真剣に……」

「でも、私ってバカ真面目の方が好きなの。だから話してくれてありがと……」

梓はそう言って、うーんと伸びをした。

ゆいなはいつもみたいに緩んだ笑顔で見てきて、なんだか嬉《うれ》しそうである。

そんな二人を見ると、話して良かったと思えた。

だけど──俺が伝えたいのはこれだけではない。

「俺は自分の気持ちに向き合って、素直になろうと思う。だからこそ、隠し事はしたくないと思うんだ」

「隠し事？」

「もっと知りたい人がいるんだ。今の俺が変われたのも彼女のお陰だから」

見ないようにするのは簡単だった。

けど、そんな俺に付き合って改心させたのは、親友の存在があったからだろう。

大事に思う存在……それには、間違いなく真優も入る筈《はず》だから。

みんなと向き合っていきたい。

「俺の考え、どう思う？」

「あ……」

「うん？」

「聞いてないんだけど〜っ!!!」

「お、おい!?」

二人に床へ倒され、左右から締め技を食らう。

なんとも羨ましい状況に思えるが、普通に痛かった。

……柔らかいけど、痛い。

俺がギブアップとタップしても、二人は無視して話を始めてしまった。

「なんで、いい話からとんでもない爆弾を投下してくんの!?」

「だねぇ。あずあずどうしよっかー？」

「そうね……。どうしてこんなに考えが歪《ゆが》んだのよ。あなたが見せたアニメのせいで変わったんじゃない？」

「あーそうやってすぐに二次元のせいにするのは良くないよぉ。ドラマがつまらなくて、未来に希望を抱けなくなったとかもあり得るじゃーん」

「なによ？　このちびっ子」

「うっさい、貧乳」

睨《にら》み合う二人だが、すぐにため息をついて肩を落とした。

「とりあえず、原因は絶対にあの子だよ〜」

「元気な先輩のこと？　やっぱり浮気……？」

「違う違う〜。あずあずはおバカだなぁ」

「おバカって!?」

「だってそうじゃん。どう考えても説明を受けてた人は、メスだったし〜。おにぃと仲がいい人なんだよ」

「え、そうなの……？」

「あははっ！　気づいていないとかウケる〜」

「く……。けど、そんなことより言うことがあるでしょ？」

「そうだねぇ。それについては同感」

締め技をやめて立ち上がった二人は、挑戦的な笑みを浮かべた。

そして、びしっと俺に向かって指をさしてくる。

「絶対に彰吾を正気に戻させるからっ！」

「ゆいながおにぃを妹一筋にしちゃう」

と、宣言してきた。

その姿は決意に満ちていて、とても魅力的に思えた。

それは不覚にもドキッと胸を高鳴らせるほどに……。

「じゃあゆいな。早速話し合うわよ」

「停戦協定ってことだねぇ。のぞむところだよんっ」

仲良さそうに二人はリビングから出ていった。

あれよあれよという間に、部屋には俺だけになる。

ひんやりとした床に、俺は転がされたまま放置されてしまった。

「真優。世の中は上手《うま》くいかないなぁ」

思いが簡単に伝わるとは思っていなかったが、ここまでとは……。

けど、伝えないとな……結果報告。
俺は息を吐き、自分の手の甲に指で星を描く。
そして、苦笑したのだった。

エピローグ

SUBTITLE

計算通りと黒タイツ

When I told my female best friend who gives love advice, that I got asked out.

きっくんと出かけた次の日の午後。

私は忘れ物をとりに学校へ寄ってから、スーパーで買い物をしていた。

「忘れるなんてドジだなぁ。ちょっと動揺してたからだと思うけど……。とりあえず、きっくんが上手くいってよかったね」

さっき電話で、ことの顚末《てんまつ》がどうなったか聞いていた。

ちゃんと自分の気持ちを伝えることができたみたい。

もし、誰かと付き合うことになったらどうしよう……って思っていたから、ちょっとホッとしている。

「付き合っていないなら、まだ私にもチャンスがあるよね……？　微粒子レベルの……ダメダメ。弱気にならないで頑張らないと。でも、東浜《ひがしはま》さんとゆいなちゃん相手は荷が重いよー」

そんな文句を呟《つぶや》いて、私は野菜を選ぶ。

もし、あの二人にライバル認定なんてされたら、圧倒されて私なんかすぐに潰されちゃうよ……。

まぁ、でも大丈夫だよね？アドバイスしたこととか、バレてないかなぁ……。

一応、会わないように気をつけてたし……アルバイト先に行った時も二人が来ていることを考慮して、男の子っぽい格好で行ったりとか。

きっくんとのやりとりも消しているから、『余計なことを吹き込んだのはあんたね？　潰す!!!』みたいなバイオレンス展開は避けられているはず！

うんうん！　きっと大丈夫！

私がそんなポジティブなことを考えていると、

「あら？　真優《まひろ》ちゃんじゃない？　今日は制服なのね〜」

と、前に会った愛子《あいこ》さんとばったり出会った。

「愛子さん！　こんにちは〜」

「ふふ。元気がいいわねぇ。何かいいことでもあった？」

「はいっ！」

私が返事をすると、愛子さんは「良かったわねぇ〜」と頭を撫《な》でてくる。

それがちょっと恥ずかしくて、私は目を細めた。

「じゃあ、好きな子と結ばれたのかしら？」

「い、いえ。それはまだなんですけど……首の皮一枚で繋《つな》がった感じです」

「そうなのね～。ちゃんと我儘《わがまま》にはなれたの？」

「あはは……それは難しかったですね」

我儘にライバルを蹴落とす感じには、私はなれない。

大好きな人が悲しむ顔は見たくないし、いつまでも笑っていてほしいから……。

でも、それだと勝ち目がない気がするし……はぁ。

自分の性格の残念さには、思わずため息が漏れ出てしまう。

偉そうにきっくんには言っているけど、好意と向き合えていないのは私自身だ。

「まぁまぁ。でも、真優ちゃんの優しいところ、私は好きよ？　応援したくなっちゃう」

「えへへ、ありがとうございます」

私と愛子さんは、会計を済ませてスーパーを出た。

また前回みたいに、私は荷物を持つのを手伝っている。

「今日も悪いわねぇ」

「大丈夫です！　今日は前よりは軽いので」

「う～ん？」

「あの、そんなにじろじろ見られると恥ずかしいです」

「あ、ごめんねぇ。もしかしてだけど、真優ちゃんは北ヶ丘《きたがおか》高校に通ってるの？　ウチの子と制服が同じ気がするわ」

「そうなんですね。じゃあどこかで会っているかもしれませんね」

「そうねぇ。是非、仲良くなってほしいわ。友達が少ないかもしれないから心配なのよ～」

「そうなんですか？」

「恋している様子なんて微塵《みじん》もないし、娘なんてお兄ちゃんにべったりなの！　お兄ちゃんは勉強とバイト三昧で……あ、でも最近は変わったかしらねー？」

「へ、へー」

「でも、お母さんとしては心配でね。他人にも親切にできる心の優しい子……あなたみたいな子に息子が会えたらいいのに」

「ありがとうございます。でも、褒めすぎですよ」

……なんでかな？

まるでデジャヴュのような、ちょっと違和感があるんだよね……。

そんな疑問を感じつつ会話をしながら歩いていると、いつの間にか公園を過ぎていて、愛子さんの家の前まで来てしまっていた。

「着いたわ！　どう？　今日は良かったら上がっていかない？　美味《おい》しいケーキを焼こうと思ってるの！」

「ケーキ……それは魅力的ですけど」

「甘い物好きなのねぇ？　良かったらどうかなぁ？　もっと話したいわ〜」

「愛子さん、中まで声が聞こえてますよ。強引に誘ったら迷惑……」

家から出てきた人物と目が合って、二人して固まる。

そして、

「き、きっくん⁉」

「真優、どうしてここに？」

表札をちらりと見る。

そこには見事に〝城戸《きど》〟と書いてあった。

愛子さんは私ときっくんを交互に見て、それからにんまりとした。

「知り合いだったのねぇ。じゃあ良かったら上がりなさいな」

「待ってよ愛子さん。先に真優には聞きたいことがあって」

「え？」

きっくんはそう言うと、私の横に来て愛子さんに聞こえないように耳打ちをしてきた。

その顔はどこか真剣で、私には妙な緊張が走る。

「今回、色々と過ごす中でさ。思うことがあったんだよ。それは今までにない感覚でさ」

「……えっと、それは？」

私が首を傾《かし》げて訊《たず》ねると、きっくんは恥ずかしそうに頬《ほお》を掻《か》いた。

そして、言いにくそうにしながらもゆっくりと口を開く。

「前に言ってたよな、恋について……」

「言ったけど、どうしたの？」

「真優といると、胸の中心がポカポカとあったかくなるんだ。……これは、これが……恋という気持ちなのか？」

予想もしていなかったこの言葉に、私の胸が感じたことのないほど高鳴った。

え……？　嘘《うそ》？

どうしてそうなるの⁉

予想外の言葉に頭がついていかない。

嬉《うれ》しくて顔がにやけそうだけど、それ以上に心臓が張り裂けそうなぐらい動悸《どうき》を感じる。

ぐいっと彼が近づいてくるから余計にだ。

心臓の音、聞かれてない⁉

顔が赤くなっていないかな⁉

そんな心配ばかりで頭が回らない。

私はなんとか落ち着かせようと、深呼吸して息を整える。

私は手で顔を扇《あお》ぎ、熱を冷まそうとする。

え……え一……あはは。これも予想外だよね……。

そして、

「不整脈」

と、短く彼の症状を告げた。

それを聞いたきっくんは、口の端をひくつかせながら訊ねてくる。

「ふ、不整脈？　恋とかじゃなくてか？」

「ううん。間違いなく……不整脈だと思うよ……」

「そういうことか……。どうりで最近、胸が締め付けられると思ったんだ」

「……すぐに病院に行こう？　今ならまだ間に合うんじゃないかな……」

「え、本当なのか。ちょっと詳しく話を」

「後にして！　今はこじれる前に！」

きっくんの背中を押して、すぐに病院に行くように促した。

そんな動揺をしている最中、今度は家の方から賑《にぎ》やかな声が聞こえてくる。

そして、

「ねーおにぃ。早くゲームしよーよ」

「ゆいな、彰吾《しょうご》は今から私と一緒に……」

最悪のタイミングで、会ってしまった。

嬉しそうな表情をする愛子さんに、私の近くにいて声をかけるきっくんの姿。

この状況を見れば、私ときっくんの関係は火を見るよりも明らかに思えてしまう。

「ど、どうもー……」

「「いた！　黒タイツ!!!」」

「へ……？」

一難去ってまた一難。

本当に神様は意地悪らしい。

あとがき

本書をお読みいただきありがとうございます。紫《し》ユウです。

仕事の山場で死にかけましたが、なんとか書き終えることができました。画面を見ると目が痙攣《けいれん》しますが、きっとこれは誤差だと思います。

休みの日に『お休みのところすいません』が毎回来るので、すいませんと思ってないだろ〜とツッコミを入れています。最早《もはや》、「定型文を作ってるのでは？」と最近は思っていますね。

さて、社畜の話はこれぐらいにして……。

あ、ここからはネタバレを挟みますので本編を読んでいない方は、気を付けてください！

気を取り直しまして、今回の話はいかがだったでしょうか。本作がデビューしてから三作品目となります。

設定を相談しましたらすぐにＯＫをいただいた話です。そこからは内容をＫさんと詰めながら、完成に持って行くことができました。

今回の話ですが、好きな人に相談されたヒロインの可愛《かわい》さが少しでも伝わってくれたら嬉《うれ》しいなという思いで書いています。

友達のためにと思いつつも、自分の気持ちもあって……そんな葛藤があるヒロインでした。なので最後はあんな感じになってしまったというところです。

さてさて、私がラブコメを書くときは、自分が見てきたことや経験を参考に構成していくんですが、今回は自分が高校生の時を思い出して書きました。

どちらかというと真優のような立場に置かれた人から相談を受ける男性側みたいな立場ですが（笑）。

まぁ相談に乗ると大体が面倒ごとになることが多いです。酷《ひど》いときは、こちらのせいにされますからね。話を聞いただけなのに、好きな人を言いふらしたことにされたとか、破局の原因を作ったことにされたとか……今では懐かしい思い出です。

なので、恋愛のご意見番になって上手《うま》く立ち回っている真優は中々に凄《すご》いと思います。

まぁそれでも登場人物たちが予想外の動きをしてしまうので墓穴を掘ってしまうこともありますが（笑）。

次に他の登場人物の話を。今回のメインは真優を含めて、主人公に義妹、幼《おさな》馴染《なじみ》の四人です。

三人とも主人公のことが好きで、彼を思って行動をしています。ただ、出会った環境や時期の違いで思いはバラバラですけど……そこらへんはもっと深掘りしたいところですね。

最後に編集部のK様、イラストレーターのぶし先生には大変お世話になりました。

Kさんと打ち合わせをすると半分はゲームの話をすることになるのですが……「小説の話をしろ」というツッコミはなしでお願いします（笑）。

そんな打ち合わせの中、ぶし先生にイラストをお願いしたいと思ったのは、そのゲームに関するイラストを拝見したのがキッカケでした。自分が好きなキャラクターの新スキンを描かれていて、Kさんからお話をいただいた時には、すぐにお願いをしてしまいました。

本書でも素敵なイラストの数々をありがとうございました！

さてさて、次巻を書くとしたら出会ってしまった三人の関係がどうなっていくのかを書きたいと思っています。明るい雰囲気で楽しい内容をお見せできればという感じですね。

みんながそれぞれ良かれと思っての行動の結果、沼になっていく。

そういう展開になると思います。

ただ、前述したとおり、楽しい内容にしたいのでドロドロの泥沼にはしません！

では、あとがきはこのぐらいにして終わろうと思います。来栖《くるす》さんの三巻も同月に発売していますので、是非お読みください。

それでは……ばいっ！

読者アンケート実施中!!

ご回答いただいた方の中から抽選で毎月10名様に
「図書カードNEXTネットギフト1000円分」をプレゼント!!

URLもしくは二次元コードへアクセスし
パスワードを入力してご回答ください。
https://kdq.jp/sneaker

[パスワード：m7tjd]

●注意事項
※当選者の発表は賞品の発送をもって代えさせていただきます。
※アンケートにご回答いただける期間は、対象商品の初版（第1刷）発行日より1年間です。
※アンケートプレゼントは、都合により予告なく中止または内容が変更されることがあります。
※一部対応していない機種があります。
※本アンケートに関連して発生する通信費はお客様のご負担になります。

スニーカー文庫の最新情報はコチラ!

新刊 / コミカライズ / アニメ化 / キャンペーン

公式Twitter
[@kadokawa sneaker]

公式LINE
[@kadokawa sneaker]

友達登録で
特製LINEスタンプ風
画像をプレゼント!

恋愛相談役《れんあいそうだんやく》の親友《しんゆう》♀に、告白《こくはく》されたことを伝《つた》えたら

著　紫《し》ユウ

角川スニーカー文庫　23802

2023年８月１日　初版発行

発行者　山下直久

発　行　株式会社KADOKAWA
〒102-8177 東京都千代田区富士見2-13-3
電話　0570-002-301（ナビダイヤル）

印刷所　株式会社暁印刷
製本所　本間製本株式会社

◇◇◇

Printed in Japan　ISBN 978-4-04-114064-2　C0193

★ご意見、ご感想をお送りください★
〒102-8177 東京都千代田区富士見 2-13-3
株式会社KADOKAWA　角川スニーカー文庫編集部気付
「紫ユウ」先生
「ぶし」先生

角川文庫発刊に際して

角川源義

第二次世界大戦の敗北は、軍事力の敗北であった以上に、私たちの若い文化力の敗退であった。私たちの文化が戦争に対して如何に無力であり、単なるあだ花に過ぎなかったかを、私たちは身を以て体験し痛感した。西洋近代文化の摂取にとって、明治以後八十年の歳月は決して短かすぎたとは言えない。にもかかわらず、近代文化の伝統を確立し、自由な批判と柔軟な良識に富む文化層として自らを形成することに私たちは失敗して来た。そしてこれは、各層への文化の普及滲透を任務とする出版人の責任でもあった。

一九四五年以来、私たちは再び振出しに戻り、第一歩から踏み出すことを余儀なくされた。これは大きな不幸ではあるが、反面、これまでの混沌・未熟・歪曲の中にあった我が国の文化に秩序と確たる基礎を齎らすためには絶好の機会でもある。角川書店は、このような祖国の文化的危機にあたり、微力をも顧みず再建の礎石たるべき抱負と決意とをもって出発したが、ここに創立以来の念願を果すべく角川文庫を発刊する。これまで刊行されたあらゆる全集叢書文庫類の長所と短所とを検討し、古今東西の不朽の典籍を、良心的編集のもとに、廉価に、そして書架にふさわしい美本として、多くのひとびとに提供しようとする。しかし私たちは徒らに百科全書的な知識のジレッタントを作ることを目的とせず、あくまで祖国の文化に秩序と再建への道を示し、この文庫を角川書店の栄ある事業として、今後永久に継続発展せしめ、学芸と教養との殿堂として大成せんことを期したい。多くの読書子の愛情ある忠言と支持とによって、この希望と抱負とを完遂せしめられんことを願う。

一九四九年五月三日